ツェラーン もしくは狂気のフローラ

抒情詩のアレゴレーゼ

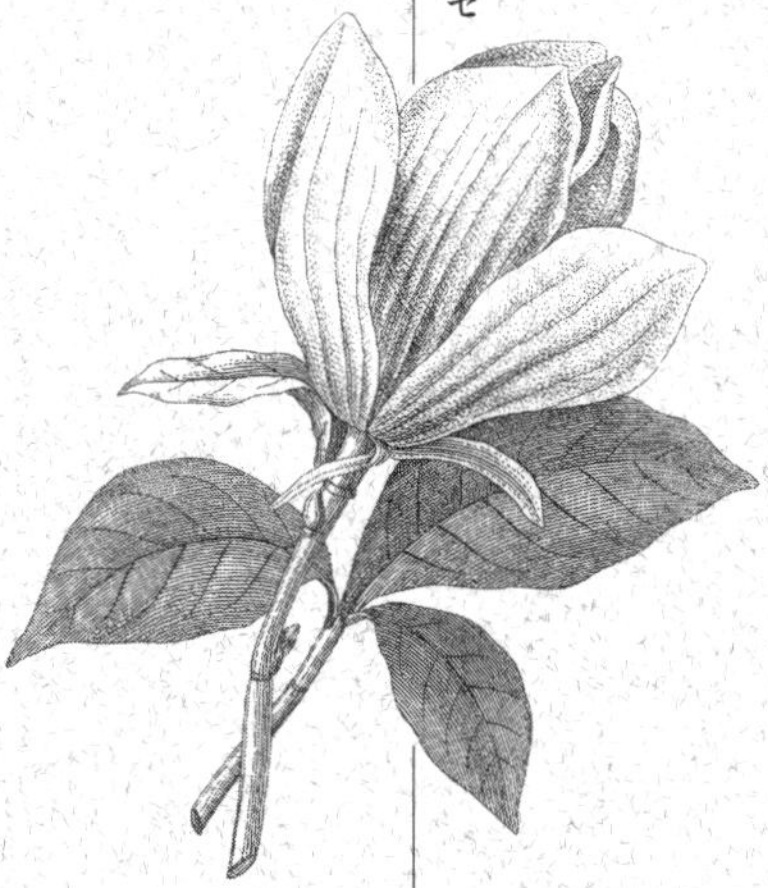

平野嘉彦

未來社

ツェラーンもしくは狂気のフローラ❖目次

同定・否定・変容――96

ツェラーンもしくは狂気のフローラ——抒情詩のアレゴレーゼ

自然史と自然誌のはざまに

パウル・ツェラーンに、『エドガー・ジュネもしくは夢のまた夢』（一九四八）と題する短い文章がある。（一）そのなかで、語り手である「私」にむかって、ほかならぬ「私の口」がこんな科白を吐いてみせる。

おまえさんは、あいもかわらず同一性なんかに、こせこせとこだわっているんだね！　おまえさんは、それでいったい何を看取して、何を認識したっていうんだね、トートロジーに精をだす学者さんよ！　せいぜい樹でもあるもの、ほぼ樹であるようなもの、ってところじゃないのかな。その程度で、おまえさんは、我流のラテン語をかきあつめて、さてこそ老リンネに一筆したためようってわけか。そんなことをしているくらいなら、魂の奥底から両の眼玉をとりだして、おまえさんの胸に据えつけるがいい。そうしたら、ここで何がおこっているのか、あらためて知ることもできるだろうさ！

「ここで何がおこっているのか」とは、この一文に添えられたエドガー・ジュネの二葉の石版画をさしている。ウィーン時代の友人であった画家のジュネはいうまでもなく、若き日のツェラーンにしても、すでにそのブカレスト時代から、シュルレアリスムの影響を強くうけていた。そうした「魂の奥底」からの観照を標榜する立場からすれば、自然の事象を、たとえば「樹」を、認識において同定し、記述において反復する知のパラダイムは、当然のように否定されなければならなかっただろう。そして、その範例として引かれているのが、とりあえずはカール・フォン・リンネの植物分類学である、ということになる。

他方、「私」にむかって、「ある友人」がこう語りかけてもいる。

理性が支配しなければならぬ。言葉を悟性の王水で洗い清めることによって、言葉に、すなわち、事物に、生き物に、出来事に、本来の（原初的な）意味を回復してやらねばならぬ。そうすれば、樹はふたたび樹になるはずだ。数かぎりない戦争のままに叛逆者どもを縛り首にしてきたその枝は、春がくれば、花咲く枝になることだろう。

この『エドガー・ジュネもしくは夢のまた夢』が発表された前年の一九四七年には、ホルクハイマーとアドルノの『啓蒙の弁証法』が上梓されている。「理性」による自然支配のはてにファシズムを、

「戦争」を、見定める、その視座からすれば、「理性」ないし「悟性」が「言葉」を「支配」することによって、「樹」が「ふたたび樹になる」ことができるという主張は、あまりに素朴にすぎるだろう。たとえばさきの引用のなかで否認されていた、「同一化」と「トートロジー」を事とするリンネ的なエピステーメーにしても、まぎれもなく「理性」ないし「悟性」の「支配」を告知していたのだから。その意味では、自然の無垢の反措定としてのリンネの分類知は、「叛逆者どもを縛り首に」するための絞首台として「樹」の「枝」をもちいた「戦争」と、軌を一にしていることになる。植物分類学と「戦争」。ツェラーンの詩を知る者にとって、しかし、これはさほど奇矯なとりあわせではない。ツェラーン自身、植物分類学に関して、専門的な知識をもっていた。伝記作者イスラエル・ハルフェンは、若き日の詩人の女友だちの証言を書きとめている。

> ときおりパウルは、古い木のまえに立ちどまり、その幹や、節くれだった樹皮や、はたまた枝や葉にふれていった。そして、彼は、木に寄りかかったまま、その名称をドイツ語とラテン語であげると、分類、成育条件、繁殖について話してきかせて、女友だちを驚かせた。それから彼は、だしぬけにまた歩きつづけて、月の光を浴びている花々や繁みの静謐な観察に、ひきつづき沈潜することもできたのだが、そうした際には、彼は、こちらではやさしく草木を手で撫でさするかと思えば、またあちらでは花や葉をむしりとっている、といった具合だった。（一一）

この挙措につきまとっている異様さが、自然の生命に親しむエコロジカルな自足ではなく、ましてや植物学に関する悠長なペダントリーでもなく、いわば自然と死者の領域が不意に同一化してしまう、離人的な少年のモノマニーとも思えるのは、後年のその詩作品をすでに知っているからだろうか。植物への耽溺と分類への偏執がそこで一体となっていることは、疑いを容れない。しかし、それは、どこかでたがいを差異化しないではおかないはずである。すくなくとも女友だちを驚かせたのは、自然の裡に没入しているかにみえる身振りのなかに、まるで死者の影のように、いつしかはいりこんでいる分類知の無気味さではなかっただろうか。事実、彼は、野生の植物ばかりか、いまひとりの女友だちがつくっていた植物標本に、多数の死んだ花々に、驚嘆する心性をももちあわせていた。(三)

ツェラーンの遺した蔵書のなかに、一九三三年にインゼル叢書の一冊として出版された『小花譜』と題する薄い本が含まれている。五十八種類の花卉の図版に付して印刷されたドイツ語の名称に、青いインクの丁寧な書体で、英語、ロシア語、フランス語、ルーマニア語の名称が、ときにはひとつの言語で複数の名称が、書き添えられているという。そして、その裏表紙には、乾涸らびたイヌサフランの押し花が挿しはさまれていた。(四)

詩人のこの性向は、晩年になって、ふたたび人目をひくことになる。ツェラーンの詩の読解も試みているハンス＝ゲオルク・ガーダマーによれば、ハイデッガーは、ツェラーンが「シュヴァルツヴァルトの植物や動物について、自分よりもよく知っている」と語ったという。(五)ツェラーンの故郷のブコヴィーナという地名は、スラヴ系の言語で「ブナ」を意味する語に由来しているが、彼は、「ブナの国」にとどまらず、「シュヴァルツヴァルト」の、すなわち「黒い森」の、植物誌にも通暁していたことになる。ツェラーンがハイデッガーの山荘を訪れた折の見聞をもとにした詩「トートナウベルク」では、しかし、そのゆたかな知識が披瀝されるわけでもない。そこには、「ウサギギク」、「コゴメグサ」、「ハクサンチドリ」といったわずかばかりの植物が、幻視のうちにその属、種を逸脱し、さまざまに変容していく、そうした契機が看取されるばかりである。無数の、無名の「死者たち（die To[d]ten）」を含んでいる土地の名前「トートナウベルク（Todtnauberg）」に導かれて。この詩は、期せずして、近年のハイデッガーのナチスへの関与をめぐる論議の、その先駆けになった観があるが、しかし、それについてここで再度、ふれることもないだろう（六）。

＊

しかし、植物を名ざし、分類し、その成育条件を考えるということは、そうした営為は、どのような歴史的な蓄積をもち、どのような思想にささえられてきたのだろうか。そして、それは文学とどのようにかかわっているのだろうか。抒情詩の解釈に、いわば植物分類学的思考を導入しようとすることは、かならずしも抒情詩を科学的に分析しうる対象として扱うことを意味しない。むしろそれは、そうした分類学的思考そのもののもつイデオロギー的な性格を歴史的、批判的に反省することでなければならないだろう。植物分類学、そしてその上位概念であるところの博物学とは、そもそも何か。「博物学」の原語は、英語ではnatural history、ドイツ語ではNaturgeschichteだが、このhistoryないしGeschichteの語は、そのまさに歴史的な経緯にもとづく、ある独特の二義性をはらんでいる。百科事典によれば、「自然」の「動物、植物、鉱物」の「種類、性質、分布などの記載とその整理分類」を事とするかぎりにおいて、「博物学」は「自然誌」とも称される。しかし、そうした「自然」

は「歴史的に形成されたものであるという認識」が生まれるにつれて、「博物学」は、おのずから「自然史」とも見做されるようになった。(七) すなわち、「博物学」とは、「自然」の言語化であるとともに、「自然」の歴史化でもあったのである。しかし、言語によってこそ、はじめて歴史は記述される、という以前に、そもそも言語に先だって、歴史は存在しなかったはずである。それが言語をもってする営みであるからこそ、おのずから歴史が生成しえたのだから。歴史は、まさに「史」、すなわち「ふみ」なのである。

ここで、ひとつの同時代的な文学現象に注目してみよう。それは、一八一五年前後のドイツという、きわめてかぎられた時空である。

ヨーハン・ヴォルフガング・フォン・ゲーテ。その詩人、作家としての業績に、あらためて言及する必要もないだろう。他方、ゲーテの自然科学研究、とりわけその植物学や色彩論に関する仕事が、近年、注目を集めるようになった。しかし、その植物分類学は、いったいどのような文化の文脈のなかにあったのだろうか。一七八六年の秋から翌年の初夏にいたるイタリア滞在を回想して書かれた『イタリア紀行』(一八一六/一七) のなかに、つぎのような一節がある。

植物園は、それだけに一層、感じがよく、あざやかな印象を与える。多くの植物は、塀の際か、もしくは塀からさほど遠くないところに植えつけられるかぎりは、冬でも土中にとどまることができる。そこで十月末には、全体をそっくり屋根で被覆し、数ヶ月間、暖めてやるというわけだ。われわれには疎遠な植物のあいだをぬって歩きまわることは、楽しくもあれば、また有益でもある。慣れ親しんだ植物や、その他、何であれ、先刻御承知の物事にあっては、結局のところ、われわれは、何ものを考えない。そして、思考なき観照など、いったい何であろうか。ここであらたに私に迫ってくる多様さを眼のあたりにして、あらゆる植物の形態は、おそらくは唯一の形態から展開することができるはずだという、あの思考が、いまやいよいよ生き生きとしたものになりつつある。これによってのみ、類や種をただしく規定することが可能になるにちがいない。それは、私が思うに、従来、きわめて恣意的になされてきたのだが。(八)

ゲーテは、熱帯地方へ赴いて、そこに野生のままに咲き乱れている花々を眺めて、感動していたわけではない。異郷の温室での不自然な生を余儀なくされている植物を眺めて、感動しているのである。その植物相から引き離し、根こそぎにし、船に積みこんで輸送し、植物園に移植し、場合によっては茎を切断し、押し花にし、いずれにせよ標本化し、分類し、カタログ化し、図版化し、つまるところ言語化することが「植物学」であったとすれば、詩人のこの感動は、いったい何にむけられていたのだろうか。「われわれには疎遠な」とは、単に「見知らぬ、もの珍しい」というにとどまらず、そのようにして強いられた、まさに「恣意的」な生の異様さを言外に語ってしまっている言葉である。ゲーテは、一見したところ、その異様さを気にもとめていない。実は意識下に抑圧している、といったほうが適切かもしれないが。ふたたび百科事典を引くならば、「一八世紀から一九世紀にかけて、折からの帝国主義の台頭にあわせて、珍奇な動植物や未知の秘境を求めて多くの探検旅行が組織され、膨大な量の博物学的知識が蓄積された」、その成果の一端を誇示している、パドゥアの宮廷付属植物園での出来事なのである。

　ここで「唯一」の「植物」の「形態から」といわれているのは、ゲーテの「原植物」の理念を示唆している。この理念は、「思考」が「いよいよ生き生きとしたものに」なる、生命を獲得する、そのためのイデオロギー装置として機能している。すべての植物の根源としての「原植物」の理念を措定することによって、「慣れ親しんだ」ものであれ、「疎遠な」ものであれ、その間の差異は抹消され、すべて同根と見做されて、植物園の「塀」のなかにかこいこまれ、死んだようになって人工的な生を生きている花々の異様さは、そっくり隠蔽されることになる。しかし、そこには、ゲーテの矛盾が露呈されているといってもいいだろう。すなわち、ゲーテは、そのように列強の帝国主義的発展に依拠したヨーロッパ中心主義的な思考をくりひろげながら、しかし、他方で、それにしたがって発展したはずの「博物学」にたいしては、批判的な姿勢をしめしているのである。それは、植物分類学の「恣意」性にたいする批判という形をとる。その際、ゲーテは、「恣意的」という言葉を「非科学的」という意味でもちいているのではない。逆に「科学」は、自然が有しているはずの生命を欠いていて、自然の掟から逸脱しているからこそ、「恣意的」であるとして断罪されるのである。ゲーテにとって、「恣意」性とは、「死」の同義語である。

　ゲーテがここで批判しているのは、ほかでもないリンネの植物分類学である。おなじころに書かれた短い論文のなかで、ゲーテは、リンネの方法には、「既成の術語」が、すなわち、言語によってあらかじめ分節された抽象的な概念性が先行していることを指摘している。そうして構成された形象は、統一をなしているようにみえても、実は「一種のモザイク」にすぎない、と。[九] ゲーテが忌避するのは、統一としてあるべき生ないし自然のなかに、罅裂としてはいりこんでくる死、「恣意」性、概念的な抽象性である。換言すれば、そのような仕方であらわになってくる歴史性、社会性なのである。それは、概念的な抽象性のゆえをもって、寓意を貶め、他方で象徴を高く評価する、『箴言と省察』中のあの有名な定義に連動してもいるだろう。象徴にたいして二度にわたって「生き生きとした」という形容詞が使われている（一〇）、そのアフォリズムの暗黙の主題は、やはり生を蝕する言語記号の機能である。

ここで、ひとりのロマン派の作家に眼をむけてみよう。文学事典には、通常、こんなふうに書かれている。アーデルベルト・フォン・シャミッソー。フランス貴族の出身。革命に追われてドイツに逃れ、プロイセンの軍人としてかつての祖国と戦うめぐりあわせとなる。この自己同一性の危機を、悪魔に影を売り渡した男の物語である『ペーター・シュレミール綺譚』（一八一四）に表現した、云々。

シャミッソーは、やはり文学者であると同時に植物学者だった。ゲーテより三十歳以上も年下でありながら、すでに『イタリア紀行』の二年前に公刊されていた『ペーター・シュレミール綺譚』は、主人公であるシュレミールが作者であるシャミッソーに語りかける体裁をとっている。シュレミールの原稿の管理者とされているシャミッソーは、作中では名前ばかりで、実際には姿をあらわさないのだが、ただ一度、シュレミールの夢のなかに登場してくる。筋の展開に何の影響もおよぼさないこの場面は、いわば作者の手のこんだ自画像ということになるだろう。

そのとき、私は、君の夢をみました。私は、君のちいさな部屋のガラス戸の外に立っているようでした。そして、ガラス越しに、君が仕事机にすわり、骸骨と一束の乾涸らびた植物標本にはさまれているのがみえるような気がしたのです。君のまえには、ハラーとフンボルトとリンネの書物がひらいたままになっていて、かたやソファーのうえには、一巻のゲーテと『魔法の指環』がおいてありました。私は、君の姿を長いあいだみつめ、つぎに小部屋のなかの一切合財に視線を移し、それからふたたび君のほうへ眼をやりました。しかし、君はその間、身動きひとつしませんでした。はたして君は、息をしていなかった。君は死んでいたのです。（一）

アルブレヒト・フォン・ハラーは、スイスの医学者、植物学者にして、詩人。アレクサンダー・フォン・フンボルトは、自然学者、探検家で、ゲーテに捧げられた『植物地理学の理念』と題する著書もある。リンネは、周知のとおり、二名法を採用し、生物分類学の基礎を築いたスウェーデンの博物学者である。この三人は、シャミッソーにとって、科学の先達として、規範とも呼ぶべき存在を意味していたといえよう。他方、『魔法の指環』は、シャミッソーの友人でもあったフリードリヒ・ドゥ・ラ・モット・フケーの小説で、彼は、やはりフランスからドイツへ亡命してきたユグノーの末裔だった。ゲーテについては、いうまでもないだろう。その著書が背後のソファーにおかれているという、この二人は、シャミッソーがとりあえずは背にした、いわば生の領域に属している。みずからあたかも押し花のようになって、二つの可能性に引き裂かれながら、文学と植物学に賭けること。しかし、彼は、そうした未来を直截に信じることはできなかったらしい。博物学者シャミッソーは、「骸骨と一束の乾涸らびた植物標本にはさまれて」、息絶えている。あるいはそのような自画像をえがくことによって、シャミッソーは、かろうじてシュレミールとして、生まれかわることを希求しえたのかもしれない。

　小説のなかでシュレミールは、最後に一歩で七マイルを駆けることができる靴を手にいれ、自由自在に世界を旅するようになる。それによって彼は、植物学に没頭し、『東西植物発生史』なる著作を『全世界植物誌総攬』の一部として完成し、「既知の種の数をわずか三分の一あまりも増加させたというにとどまらず、博物分類学と植物地理学のために幾許かの寄与をなしえた」と自負するようになる(一二)。帝国主義的な時空の変容を物語る、シュレミールに仮託された「光あふるる夢」(一三)は、しかし、早くも翌年にはシャミッソーの現実をなぞりはじめる。まだゲーテが、かつてパドゥアの宮廷付属植物園で、あるいはシチリア島のパレルモの公園で、珍奇な植物を嘆賞した記録を書きつづっていたころに、すでにシャミッソーは、ロシアの世界周遊艦隊に同乗して、三年間にわたって、南北アメリカやポリネシアやカムチャッカの沿岸地方で、その土地に根づいている植物を眼のあたりにしていた。それは、まさに花々が野生のままに咲き乱れているさまにふれることができたという意味では、幸福な経験ではあったのだろう。ブラジルにおける奴隷貿易の実態に鋭い眼をむけるいっぽうで、「野蛮人」という蔑称を使用することをみずからに禁じながら、ひとりのミクロネシア人の若者と親しんだ日々をも含めて。しかし、若者をヨーロッパへ連れて帰ることは思いとどまったシャミッソーにしても、その帰国後の努力は、畢竟、さまざまな種類の植物をみずからの領域へと回収する営為にむけられていく。その栄達の最終は、ベルリンの帝国植物標本館の館長であった。

＊

そして、ふたたびツェラーンについて。強制収容所の構内から語っているとおぼしき詩「ストレッタ」は、つぎのような言葉とともにはじまっている。

草、かきちらされて。石、しらしらと、
茎の影をおとしながら。
もう読むな——見よ！
もう見るな——往け！

ドイツ語の **schreiben**（「書く」）がラテン語の **scribere**（「掻く」）に由来するように、なんらかの暴力によって踏みにじられ、「かきちらされて」、すなわち「掻くことによって分離されて」、言語記号にふさわしい示差的性格を獲得した痕跡は、ここではまがりなりにも「読む」ことのできる文字として提示されている。「読む」ことは、語り手によって即座に禁じられるにせよ。言語記号として、すなわち毀傷する作用として、自然に介入する歴史は、その都度、多かれすくなかれ、程度の差こそあれ、その土地に根づいている生き物を死にいたらしめる。文化とは、自然の死である。その意味では、強制収容所といえども、言語構成体であるかぎりにおいて、文化であるにはちがいない。パドゥアの宮廷付属植物園やベルリンの帝国植物標本館が、たしかに文化であったのとおなじように。

「かきちらされ」た「草」がただの「草」にすぎなくなって、ラテン語の学名も、それどころかドイツ語の俗称すら、もはや知られることはない、そうした局面において、それがはじめて読まれることができるのは、ひとつの逆説である。だからこそ、ツェラーンの詩作品は、あれほどまでに植物の名前に偏執するのだろうか。自然種を指示するかぎりにおいて、ほとんど固有名にひとしい、（二四）そうした植物の名辞に。そしてまた、だからこそ、われわれは、植物の名辞が夥しくあらわれるツェラーンの詩作品を、いまだ十全に読み解くことができないのだろうか。

そこにはまた書かれてあった、しかじかと。
どこに？　私たちは
それについて沈黙した、
毒物に鎮静されて、大きい、
一個の
緑の
沈黙、ひとひらの萼片さながら、そこには
植物めいたものへの想念がまとわりついていた——
緑の、そう、
まとわりついていた、そう、
悪意ある

空のしたで。

植物めいた、そう、
ものへの。

文字として「書かれて」あることについて、歴史について、沈黙すること、それは、「一個の緑の沈黙」であり、「ひとひらの萼片さながら」の、これはこれで自然の生のありようである。なるほどここでは、「毒物に鎮静されて」のことではあるにせよ。そうした「植物めいたものへの想念」は、ツェラーンの詩行に、つねに「まとわりついて」いる。「植物めいたもの」を分節し、分類し、言語化することを強いるのも、そうした「想念」にほかならない。それ自体としては歴史的な範疇としての。

死の香り・死者の声

アルプスの植物相に属する／知覚、認知、認識の彼岸に咲いている花

小説とも散文詩ともつかぬツェラーンの小品『山中の対話』は、詩人自身の言によれば、スイス・アルプスの山中のエンガディーンにおいて、すこしまえに「機会を逸した」ばかりの、ある「出会い」について語っているとのことである。一九五九年の八月に書かれ、翌年に発表されたこの架空の「対話」の相手が、実は哲学者のテーオドール・W・アドルノであることは、すでに周知の事実になっているが、(一) しかし、それについては、ここでは詳述しないことにしよう。

二人の「対話」に先だって、まず匿名の語り手が話しはじめる。訥々としたどこか奇妙な語り口は、東欧ユダヤ人のイディッシュ訛りを模したものらしい。(二) したがって、この語り手はさしずめユダヤ人である、ということになるだろう。

とある夕方、陽が沈んでしまった、そして陽ばかりではない、ほかの何かも沈んでしまった、そのあと、ほら、自分の小屋からでてきた、あるいてきた、ユダヤ人が、みずからユダヤ人で、ユダヤ人の息子でもある男があるいてきた、そして、彼と一緒についてきた、彼の名前が、あの発音しようもない名前が、こちらへやってきた……

「沈んでしまった」、没落してしまった「ほかの何か」とは、おそらくは太陽のような自然に属する事象ではない。あるいはそこには、なんらかの歴史的な出来事が、破局が、示唆されているのだろうか。もしそうだとすれば、自然の循環にそって回帰してくる一日という時間に、より大きなスパンの歴史的な時間がかさねあわされているはずである。自然に歴史的な意味を賦与する、この恣意的なアレゴリーによって、しかし、自然は自然でなくなっていく。

ユダヤ人の「名前」を「発音しようもない」という、啓蒙された西欧の市民社会の構成員にとってのこの困難は、「ユダヤ人の息子」であるから「ユダヤ人」であるという、自然的、身体的規定であるがゆえに必然的であると映る人種への帰属と、一見、わかちがたく結びついている。なるほど、「発音」するという行為もまた、発声器官という自然的、身体的条件に左右されてはいる。しかし、生来の自然的、身体的条件をそのように構造化したのは、言語共同体という歴史的、社会的条件にほかならない。そもそも「名前」とは、命名という、歴史的、社会的な行為にその起源を有するからには、元来は恣意的なものであったはずである。しかし、その「名前」が、「発音しようもない」という特性によって、市民社会の言語的秩序から疎外され、差別されて、あたかも自然に属するがごとき必然の様相をおびるにいたる。ノモスがピュシスに変貌する、それは、固有名のパラドックスである。

そのようにして、彼はあるいてきた、足音がきこえた、幾許かのものが沈んでしまった、とある夕方、あるいてきた、雲のしたをあるいてきた、影をひきずってあるいてきた、自分の影と自分のものでない影とを。

悪魔に「影」を売り渡して、「影のない男」になってしまっていたペーター・シュレミールにくらべて、このユダヤ人は、「自分の影」と「自分のものでない影」と、影を二つももちあわせているようにみえる。しかし、実のところ、「自分の影」は、そのまま「自分のものでない影」でもある。はたして「自分の影」、固有性の仮象は、つぎにつづく疑問文によって、すぐさま否定されていく。

なぜといって、ユダヤ人は、君も知っているだろう、まぎれもなく自分の持ち物であって、借り物ではないようなもの、なるほど借り受けはしたが、返してしまわなかったようなもの、いったいそんなものを、どこに所有しているというのだろうか。

ユダヤ人には、自分の「持ち物」などないし、「借り物でないようなもの」もない。「借り受け」たものは、いろいろあったかもしれないが、それもすべて「返して」しまって、手許に残るものとて、もはや何もない。所有（Eigentum）が属性（Eigenschaft）を形づくっていくとすれば、所有なき裸形の存在にとって、「自分の影」、属性としての固有のもの（Eigenes）など、いったいどこにあるはずがあろうか。

折しもむこうから、アドルノとおぼしきもう一人のユダヤ人がやってくる。彼は、「大きな（groß）」態度でやってくることからして、「ユダヤ人グロース」と呼ばれる。それにたいして、ツェラーンに擬せられている最初のユダヤ人は、「小さい（klein）」、卑小な存在、「ユダヤ人クライン」である。しかし、「ユダヤ人グロース」にしたところで、「自分の影」をもたないことにかわりはない。

やってきた、彼もまた、影をひきずって、借り物の影をひきずって――なぜならどんなユダヤ人が、と、そう問いかえしてみる、そう問いかえさないではいられない、神が彼をユダヤ人たらしめたからには、自分に固有のものをたずさえて、やってきたりすることがあろうか。――

ユダヤ人が「固有のもの」を欠いていることは、逆説的な物言いをすれば、ユダヤ人が二つの属性を所有していることとうらはらの関係にある。すなわち、彼らが饒舌であることと、彼らが自然から疎外されていることと。

そうして、静かだった、あの山の上のほうは静まりかえっていた。静かなのも、長くはつづかなかった、なぜならユダヤ人がやってきて、もうひとりのユダヤ人と出会ったりすれば、静寂なんて、すぐになくなってしまうのだから、こんな山のなかでも。なぜなら、ユダヤ人と自然、それは別物なのだから、依然として、今日でも、ここでも。

ユダヤ人の饒舌と、そして自然からの疎外と、そのどちらが原因で、どちらが結果か、それを穿鑿してみても、あまり意味がない。しかし、すくなくともここでは、饒舌が、すなわち言語が、自然と二項対立をなしていることを確認しておこう。

「ユダヤ人と自然、それは別物なのだから」という全称命題には、問題を「ユダヤ人」という人種ないし民族へと一般化しつつ、この人種ないし民族を特殊化する、分類知に通じる差異化の論理がはたらいている。しかし、「依然として、今日でも、ここでも」という補足は、歴史的な地平を切りひらきながら、あらためてこの命題の志向性を、「今日」、「ここ」に位置している、二人の「ユダヤ人」の個的存在へと収斂させていくのである。

そこにそうして彼らは、同胞たちは、佇んでいる、その左手にはマルタゴンの花が咲いている、野生のままに咲いている、どこにもないほどに咲きほこっている、そして右手には、そこにはラプンツェルが、それからディアントゥス・スペルブス、つまりエゾノカワラナデシコの花が、遠からぬところに立っている。

ラテン語の学名をもちいてまで、分節され、名ざされていく植物。それは、どのような花々だろうか（三）。

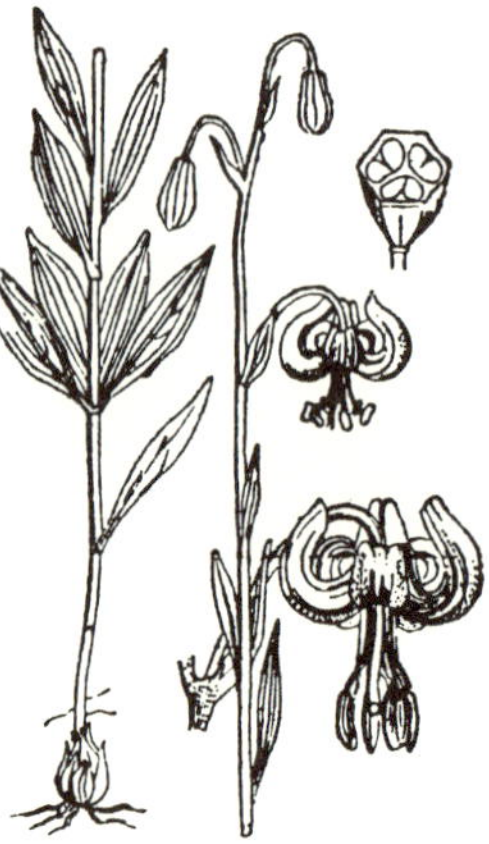

マルタゴン

マルタゴン　ユリ科ユリ属カノコユリ亜属の多年生草本。北部をのぞくヨーロッパおよび北アジアに広く分布し、山地の林間、牧草地に自生する。一メートルの高さにおよび、香りのいい花を、つねに下向きに咲かせる。観賞用にも栽培される。ドイツ語の原語が意味する「トルコ人のターバン」は、その花の形態に由来し、花被は明るい紫色で、中ほどから強く反りかえり、内面に暗紫色の突起がある。

「ラプンツェル」の呼称は、マイアーの百科事典によれば、まったく異なる三種類の植物に使われているという。一般には「ノヂシャ」をさすが、この場合には、あるいは「シデシャジン」のほうがふさわしいかもしれない。

ノヂシャ　オミナエシ科ノヂシャ属の一年生草本で、地中海原産。根生のロゼット（円座形の根出葉）と叉状に分岐した茎を有する。高さは一〇センチメートルから三五センチメートル。長楕円形の対生葉で、花は小さく、たいていは淡青色。田畑や草地に生える雑草だが、栽培して、サラダ菜として食用にする。グリム童話にも、魔女の庭に生えている草として登場する。

シデシャジン　キキョウ科シデシャジン（フィテウーマ）属の総称。「シデシャジン」は「四手沙参」と書き、花冠が裂けて、四方に反りかえることから、神前につける紙のシデに見立てたものという。ドイツ語の原語も、「悪魔の蹴爪」を意味している。シデシャジン属は、ほぼ三十種を数えるが、たとえば、アルブレヒト・フォン・ハラーの名を学名に冠している種は、三〇センチメートルから一メートルの高さで、濃紫色ないし濃紺色の花を咲かせる。前アルプスおよびアルプスの山中に自生する。

エゾノカワラナデシコ　ナデシコ科ナデシコ属の多年生草本。一般にナデシコ属は、ほとんどが灌木であるが、ドイツにはすくなく、地中海地方に多い。エゾノカワラナデシコは、三〇センチメートルから六〇センチメートルの高さで、長くて細い茎葉をもち、大きな薄紫色の、不規則な切れ目のはいった花をつける。泥炭質の草地や森の空地などに自生する。

エゾノカワラナデシコ

「どこにもないほどに咲きほこっている」という文章は、否定詞の機能を変換させて、「どこにもない場所でそうであるように、咲きほこっている」と読みかえることができる。否定詞をもちいたこの言葉遊びは、あとでふれるように、ツェラーンに類似の用例がある。「どこにもない場所」が、しかし、どこかには存在しているというパラドックス。二人のユダヤ人のすぐ「左手」に、すぐ「右手」に、そして「遠からぬところ」に、それぞれ存在している一隅は、さながらこのユートピアにひとしい場所である。それは、花々が「野生のままに咲いている」場所でもある。

しかし、彼ら、たがいに同胞である彼らは、何ということか、眼をもっていない。より正確にいえば、彼らは、彼らにしたところで、やはり眼をもってはいる、しかし、そのまえにヴェールがかかっているのだ、いや、まえではない、そうではなくて、うしろにだ、移動するヴェールがかかってしまっている。ひとつの像がはいりこんでくるやいなや、それはすぐさま織目にひっかかってしまう、するとさっそく、そこに一本の糸が紡ぎだされてきて、像のまわりにまきつくのだ、ヴェールの糸が。像のまわりにまきついて、ひとりの落し子をつくってしまう、なかば像で、なかばヴェールの。

ラテン語の学名さながら記号化された、抽象概念の「ヴェール」でもって像をつつみこむ、いわば自然誌的な眼差をもってしては、「野生」の自然はとらえられない、と語り手は主張しようとする。そのとき、自然は、依然として知覚、認知、認識の彼岸にとどまっている。

こうした認識論的な批判は、もしそれを一般化するとすれば、何ほどのことを語っているわけでもないだろう。しかし、ここでは、それはイロニーとして、「たがいに同胞である彼ら」にむけられている。それにたいして、みずからは「同胞」ではないかのように、二人のユダヤ人にたいしてシニカルな距離を保っている匿名の語り手とは、いったい何者だろうか。彼は、その語り口が最初に予想させたように、やはりユダヤ人なのだろうか。それとも、もしかしてユダヤ人ではないのだろうか。いずれにせよ、ユダヤ人にまつわる認識論は、あたかもそれが不可避であるかのように、言語批判論に移行していく。自然を自然として、花々を花々として、そのまま現象せしめることを阻んでいるのは、またしてもユダヤ人に特有の言語の範疇である。

あわれなマルタゴン、あわれなラプンツェル! そこに彼らは佇んでいる、同胞たちは、彼らは、山中のとある路上に佇んでいる、ステッキは沈黙している、石は沈黙している、そして、沈黙は沈黙ではない、どんな語もだまってはいない、どんな文も、それはただの休止にすぎない、それは語の間隙だ、それは空欄なのだ、そのまわりにはもう、ありとあらゆる綴りが林立しているのがみえることだろう……

ひととき沈黙として知覚されうるのは、ほんとうの沈黙ではない。それは、実定化された言語の否定としての、やはり実定化された沈黙にすぎない。かりにほんとうの沈黙なるものが存在するとして、しかし、それについて語るとすれば、やはりなんらかの仕方で言語を運用するしかないだろう。ましてやユダヤ人ともなれば。

饒舌な者たち！　舌がまぬけにも歯にぶつかり、唇がうまく丸まってくれもしない、この期におよんで、おたがいにまだ何か物申すことがあるとは！　よかろう、彼らが話すにまかせよう……

この捨て科白とともに、匿名の語り手は、口を閉ざしてしまう。語り手ばかりではない、「ユダヤ人グロース」までも寡黙になって、「対話」がやがては「ユダヤ人クライン」の独白にかわり、いつしか途絶してしまうまで、語り手がしゃしゃりでることはもはやない。そのとき、読者は、ユダヤ人を口舌の徒であるとする、反ユダヤ主義者のお定まりの批判を、いくぶんか代弁しているようにみえた語り手のイロニーが、実はユダヤ人の自己批判でもあったことに、あらためて気づかされることになる。自己批判というよりも、あるいは諦念というべきかもしれないが。

そして、花々への回路を断たれているユダヤ人の視野にあらわれるのは、さしあたって石である。「ユダヤ人クライン」は、こう語っている。

だれにむかって、同胞よ、石が話しかけるというのかい。石は話しかけはしない、石は語るのだ、そして、語る者はだれでも、同胞よ、だれにむかって話しかけるわけでもない、石は語る、なぜといって、だれも石の言葉なんか聴いてはいないのだから、だれも聴いてはいない、だれも、そして、だれひとり、そして、そのときこそ石がものをいう、石が、であって、その口が、というわけでもなければ、その舌が、というわけでもない、石がものをいうのだ、ただ石だけが、きこえるかい、ってね。

「マルタゴン」や「ラプンツェル」や「エゾノカワラナデシコ」が、「どこにもないほどに咲きほこって」いたように、石の語る言葉を、やはり「だれも聴いてはいない」、いや「だれでもない者」が「聴いている」という、（四）その存在やその言葉は、おそらくは死者の圏域に属している。それは、生者の識閾にはとどかない。ツェラーンの詩語は、「人間たちの度しがたい言葉の、いやそれどころかあらゆる有機的な言葉の、その下層にひそんでいるところの、ひとつの言葉、すなわち石と星について語る死者の言葉を模倣する」（五）、とアドルノが書くのは、ほぼその十年後、あいついで二人が死をむかえる直前のことである。『山中の対話』にたいする、遅ればせながらの応答のように。沈黙しているかに思える石への同化は、草本木本へのミメーシスを拒まれているツェラーンの詩語の、必然の成行きだったのだろうか。それもまた、ひとつの自然であるにはちがいないが。

アルプスや地中海沿岸の植物相に属する／エクリチュールの侵入をうけて、毀傷される自然

つぎの詩は、詩集『言葉の格子』（一九五九）に収められている。「格子」という言葉は、それによって分節されうるものと、他方、所詮は分節されえないものとの存在を、二つながらに示唆しているといえるだろう。

夏の報告

もはや歩まれることのない、
迂回された、あのタチジャコウソウの絨毯。
空白の行が、斜めに
エリカのなかをつらぬいて。
風害のただなかへ運ばれるものとて、何もなく。

またしても、ばらばらの語との
出会い。たとえば
落石、ギンシンソウ、時。

草稿には、詩人がつねにそうしていたように、「一九五八年八月一八日」の日付が書きこまれていた。してみると、この「夏の報告」は、過ぎ去った日々の回想ではなくて、眼前の事実の記述である。しかし、そこで語られているのは、畢竟、何ごとかの痕跡である。「風害」、「落石」は、大きな力による破壊の、「空白の行」は、人間の営みの。しかし、「タチジャコウソウの絨毯」は、「もはや歩まれること」もなく、「風害のただなかへ運ばれるもの」とて、何もない。かつては「歩まれ」たであろう「行」もまた、いまは「空白」として残されているばかりである。痕跡は、遡及しようがないようにみえる。
ここには、三種類の植物の名辞があらわれる。
「タチジャコウソウ」と特定して訳したのは、正確にはシソ科イブキジャコウソウ属の総称である。

タチジャコウソウ　シソ科イブキジャコウソウ属は、ユーラシア大陸と北アフリカに、約三十五種を数え、主として山地の林間や谷間の草地に自生する。なかでもタチジャコウソウは、ヨーロッパ南部、地中海地方原産の亜低木で、とくに地中海地方に多い。タイム、キダチヒャクリコウと同義。二〇センチメートルから四〇センチメートルの高さになる。葉は対生で、鋸歯がある。花は、萼が鐘形で、花冠がピンク色、ないしは藤色がかったピンク色をしている。代表的なハーブの一種で、エーテル性の油成分によって、全体に強い芳香を放つ。栽培されて、香辛料や薬草にもちいられる。

エリカ　ツツジ科エリカ亜科エリカ属に含まれる常緑灌木の総称。アフリカ南部で約五百種の多きを数えるが、ヨーロッパでは、地中海地方やアルプス地方に、わずかな種類が自生するにすぎない。ドイツ語で「鐘のヒース」と称するように、鐘形、壺形、管形、皿形の花をつける。たとえばカンザキエリカは、アルプス地方からバルカン半島にかけての高地に分布する。樹高は三〇センチメートルで、葉は線状で小さく、通常は淡紅色の、品種によっては純白色や濃紅色の鐘状の小花をつける。地中海地方に成育する「樹のヒース」、英語で「ブライアー」と呼ばれる種は、一メートルから六メートルの高さにおよび、総状花序で、白い花を咲かせる。その根からパイプがつくられる。

ギンシンソウ　和名はウシノケグサで、山地の林間や草地、砂地や岩場など、痩せた土壌に生えるイネ科ウシノケグサ属の多年生草本。二〇センチメートルから四、五〇センチメートルにおよび、茎と葉が硬く、針状をなしていることから、「銀針草」の異名がある。牧草や土壌浸食防止に利用される。ラテン語の学名に、またしばしば英語やドイツ語の普通名に、「羊」の語が含まれるのも、羊の非常用飼料であったことに由来する。この詩で使われている「硬い草」を意味する呼称は、たとえば一七七六年、一八四一年の文献に、その例がみられるという。

ところで「落石、ギンシンソウ、時」は、草稿では「落石、崖錐下の湧水口、時」と書かれていた。「崖錐」とは、「風化して、崖下に堆積した砕石」であって、明らかに「落石」に連動している。こうした改稿によって、このテクストは、地質学から植物学への移行を、さらにおしすすめているといえるかもしれない。

ここには、相互に並行していると思われる二つの換喩的系列がある。ひとつは「タチジャコウソウの絨毯」、「エリカ」、「風害」(「風による倒木」とも訳せる)、「ギンシンソウ」といった植物にかかわる語彙によって形づくられている。これに「落石」をくわえれば、それは、ひとつの自然の風景を表現していることになる。それに対置されているのが「空白の行」、「語」という言語にかかわる系列である。この二つの系列にかけられている比重は、しかし、同等ではないようにみえる。前者が実在、実体で、後者はその隠喩にすぎない、という心証が得られるのは、「空白の行が、斜めに／エリカのなかをつらぬいて」という二行によってである。つまり、「エリカ」の繁みをつらぬいて一筋、小径が走っており、それがテクストの空白の一行にたとえられている、と読めるからである。

しかし、言語にかかわる隠喩をもちいることは、そもそも「報告」にはそぐわない。なぜなら、「報告」とは、ヴァーリヒのドイツ語辞典によれば、「即物的な、飾りのない叙述、物語、言葉や写真による事実の再現(六)」であるはずだから。しかし、言葉が言葉について語ることによって、対象言語であるべき「報告」は、メタ言語へと転化される。それとともに、対象の実在性は、次第に希薄にならざるをえない。そして、具象的な事物であるはずの「落石」や「ギンシンソウ」との「出会い」は、「落石」という「語」や「ギンシンソウ」という「語」との「出会い」と化していく。

「またしても、ばらばらの語との／出会い」は、草稿の段階では、「夕べに、ばらばらの語との／出会い」となっていた。日付をもっている詩にふさわしく、その日の夕刻という一回きりの時間は、稿をあらためるとともに、反復されるがゆえに抽象的な時間へと変化していく。「夏の報告」という無冠詞の標題も、いったんは一回性を強調した「この夏」に変更されたのち、あらためて「夏の報告」に戻された。そうした逸脱は、おそらく時間の意識のしからしむるところだろう。「夏の報告」は、元来、「夏」という時間についての報告ではない。言葉は、時間そのものを対象化し、時間そのものについて語ることはできない。それは、せいぜい夏に生起する出来事、風物などを叙述しながら、とりあえずは隠喩としてしか、語ることのできないものである。そして、そうした言葉が対象言語からメタ言語へと転位していくにつれて、時間がその領野にはいってくることになる。なぜなら、時間の差異、時差こそが、ひいては時差による反省作用こそが、メタ言語を成立させる根拠なのだから。その契機となる「空白の行（Leerzeile）」は、二重の意味で言語にかかわっている。一方では、それは、そこに何も書かれていない一行分の痕跡である。他方、この複合名詞のそれぞれの語源をたどってみれば、**leer**（「空白の」）は**lesen**（「読む」）と、**Zeile**（「行」）は**Zeit**（「時間」）と、同系であることが理解されてくる。すなわち「空白の行」は、「読みとられるべき時間」でもある。「書く」が「掻く」であって、「空白」をつくりだす営為であるとすれば、「読む」とは、その「空白」をなぞっていく営為である。かつて、そこに何かが書きこまれた。換言すれば、生を毀傷する仕方で、何ごとかが生起した。しかし、時間そのものについて語ることができないのとおなじように、時間そのものを読むこともできない。それは、またしても「時」という言葉との「出会い」にすぎない。出会うことができるといえば、「落石」、「ギンシンソウ」、「時」という、分断され、孤立した単語にすぎない。これらの語を統合していくシンタックスとしての大きな時間は、すなわち歴史は、やはり知られないままである。

地中海原産／山地の植物相に属する／花の香りに仮託されながら、すでに失われている感応、交通

「タチジャコウソウ」は、ツェラーンの後年の作品にも登場する。つぎの詩は、詩集『光の縛』（一九七〇）に含まれているが、草稿には、一九六七年十月七日の日付が記されている。彼の後期の詩作品がほとんどそうであるように、そこには標題が付されていない。

亜低木はもはやない、ここには、
山頂ちかくの斜面には
存在しない、ともに
語りあう
タチジャコウソウは。

限界の雪、そして
いくつかの杭と、その
道標としての影から
ひそかに聴取する、死を
宣告する、その
香り。

「亜低木」と訳したのは、原語ではHalbholzである。これは、通常は「半分に引き割られた丸太」を意味する。もしこの語義を採用するとすれば、この詩は、どのように読めるだろうか。丸太は、もとをただせば樹木であって、かつては自然に属していたにせよ、そこには、すでに人手がくわえられている。さらには、そのうえに腰をおろし、ベンチとして利用して、たがいに語りあうこともできる。人間が労働することによって、あるいはその成果を享受することによって、自然とかかわる、そのような生きた関係の可能性を、あるいは不可能性を、これらの詩行は語ってしまうことになるだろう。しかし、ツェラーンのテクストに、ほんとうにそうした弁証法が機能しているのだろうか。

ところで草稿の欄外には、「タチジャコウソウと／他のHalbholz」と記されていた。これを、「他の半分に引き割られた丸太」と訳すことはできない。そもそも「タチジャコウソウ」は、「丸太」になりようがないのだから。やはりここは、「タチジャコウソウ」もそうであるところの「亜低木（Halbstrauch）」の意と考えるべきだろう。(七) ブロックハウスの百科事典を繙いてみると、こう書かれている。

亜低木　下方の苗条部分のみが木質化して、成育に不利な季節を生きのびる植物の呼称。上方の草本状の部分は枯死し、更新する発芽にとってかわられる。亜低木には、たとえばサルビア、ヤナギハッカ、タチジャコウソウなどがある。

ちなみに、サルビアとヤナギハッカは、いずれもタチジャコウソウとおなじシソ科で、強い芳香を放ち、薬用、食用に供せられる点でも共通している。

このテクストにおいて、嗅覚を中心にして作用しているのは、元来は生理学、心理学の用語で、

「共感覚」と呼ばれる現象である。それは、詩学においても、ひとつの表現技法としてもちいられる。視覚、聴覚、嗅覚、味覚、触覚のうちの、あるひとつの感覚にたいする刺激が、べつの感覚の反応を喚起する結果として、それは、それぞれに局限されている五感を超えた領域を暗示することを可能にする。「麝香」の名がしめすように、「タチジャコウソウ」の強い香りは、ここでは嗅覚にではなく、「ともに／語りあう」、聴覚にはたらきかける言葉に擬せられる。こうした嗅覚と聴覚の変換は、第二連の結びにもみられる。すなわち、そこでは「雪」の「香り」が声となって、「死を／宣告する」という。そもそもそれに先だって、「雪」という視覚的な形象が、「香り」として嗅覚にはたらきかけてもいるのである。視覚から嗅覚へ、そして、嗅覚から聴覚へ。さらにいえば、「その／道標としての影から／ひそかに聴取する」も、視覚から聴覚への変換である。

このように、ツェラーンのこの詩における共感覚は、ボードレールの詩「照応」における「香りと色と音とがたがいに答えあう（八）」、そのような「象徴の森」を志向するものではない。そこには相互性、可逆性は保証されずに、すべてが一方的に聴覚へ、声へと収斂している。「タチジャコウソウ」の声、「道標」さながら「杭」の影が発する声、そして、「限界の雪」の声。そうした声は、いったいどのような領域へとひとを導こうとするのか。「タチジャコウソウ」が根づいていたとすれば、その「香り」は、おそらくは他者と「ともに／語りあう」ことができただろう。そこに前提されている一定の言語による意思疎通の共同体は、しかし、もはやここには成立していない。「タチジャコウソウ」は、もはや「成育に不利な季節を生きのびる」ことができなかったのだろうか。その「季節」を標示するのは、はたして「雪」である。「限界の雪（Grenzschnee）」とは、「雪線（Schneegrenze）」、すなわち

「高山での万年雪の限界線」を意味する語に由来しているにちがいない。それは、ついにはいくつもの感覚がそこで滅びる、そうした極限である。

そして、「タチジャコウソウ」の「香り」のかわりに語るのは、その代補としての「雪」の「香り」である。しかし、その仕方は、「ともに／語りあう」のではなく、一方的に「死を／宣告する」、より正確にいえば、「死んでいない者について、偽って、あるいは誤って、死んだという風評を広める」、である。この奇妙な動詞は、かつてシュテファン・ゲオルゲの詩集『魂の年』（一八九七）の巻頭の作品にもちいられていた。若いころにゲオルゲも読んでいたツェラーンが、それを意識していなかったはずはない。すでに枯死したといわれる秋の庭園のなかに、詩人とおぼしき匿名の「私」は、「白樺」、「黄楊」、「晩い薔薇」、「最後のアスター」、「野葡萄」を引きあいにだしながら、自然の生命の名残をとどめおくように、いくつもの命令文によって要請する。そうした姿勢にひめられているのが唯美主義者の反抗であったとしても、その詩は、アドルノ風にいえば、ある「歴史の刻限」を記録している、ということになるだろう。

もちろんツェラーンの詩行が語るのは、歴史のまた異なった刻限である。彼にあっては、「タチジャコウソウ」は、花々は、もはや存在しない。「雪」の「香り」が「ひそかに」事情を「聴取」して、すでに死んでいると「宣告する」相手は、「道標」のように彼方をさししめしつつ、立ちつくしている「いくつかの杭」の「影」である。その形象は、いかにも死者にふさわしい。しかし、そうだとすれば、どうして語り手は、匿名の「私」は、彼らが死んでいるという事実を、偽りないし誤りであるとして否認するのか。それは、おそらくは、死者たちが生者とみまがうまでに現前する、その強度のゆえに、だろう。もちろんそれは、意図したパラドックス、あるいはイロニーではある。彼らは、畢竟、死者なのだから。

その属性よりも、むしろその名辞によって、いまや言葉を語りはじめる口として表象され、寓意化される植物（1）

詩集『無神の薔薇』（一九六三）のなかに、その語り口が奇妙に舌たらずに聞こえる詩がある。

　　みんなで三人、みんなで四人

チリメンハッカ、ハッカ、ちりちり、
ここ、その家のまえ、その家のまえ。

この刻限、おまえの刻限、
それが会話をかわしている、私の口と。

私の口と、その沈黙と、
語ることを拒む言葉と。

広いところと、狭いところと、
あまたのまぢかい没落と。

私一人と、われわれみんなで三人と、
なかば縛られ、なかば戸外で。

チリメンハッカ、ハッカ、ちりちり、
ここ、その家のまえ、その家のまえ。

草稿にある一九六〇年六月十一日の日付から、この詩は、おなじユダヤ系の女流詩人ネリー・ザックスとの出会いについて語っているとする解釈もある。(一二)たとえば、「みんなで四人」とは、ザックスとツェラーンと彼の妻と息子の四人をさしていて、「チリメンハッカ」、「刻限」、「没落」といった語も、ザックスの詩に由来する、等々。しかし、そうした偶然にすぎないとも思える契機が、やがて一篇の詩として成立しうるには、やはりなんらかの変容を経なければならないはずである。たとえそれが、ツェラーンの忌避する「芸術」への方向をとることになろうとも。それは、草稿にはかならず日付を書きこみながら、決定稿からは削除して、それでいて、依然としてひそかな「日付」がそこに「書きこまれている」ことを否定しない、ツェラーンの詩のあやうい局面ではある。とりあえずここでは、そうした関連からはなれて、あえてとらわれのない解釈を展開してみよう。ツェラーンの詩行が、読みようによっては、まったくちがった相貌をみせることがある、その一例として。

第一連は、最後の第六連とまったく同一である。二行目の「ここ、その家のまえ、その家のまえ」は、詩行のなかにも反復を含んでいる。こうした反復の効果にくわえて、「ここ」という副詞や「家」という名詞に付されている定冠詞は、強い場所の指示として機能する。それは、「私」がたまたまおりかかった、とある「家のまえ」に、ひともとの「チリメンハッカ」が生えていた、という偶有的な設定ではない。くりかえし一所に収斂する規定性は、「私」がいだいているらしい、偏倚する感情をおびた、ある観念の複合が、その「家」に固着していることをしめしている。

ところで、ドイツ語のHausという名詞は、「家、民家」のみならず、さまざまな種類の「建物」をも包含している。ザンダース＝ヴュルフィングのドイツ語辞典を引いてみると、「人間が居住にもちいるかぎりにおいての建物」という一般的な語義のあとに、「それは、悪しき家々、よからぬ家々にも通じていく（二二）」という注釈があり、その例として、Hausを基礎語とするいくつかの複合名詞があげられているが、それらはすべて、「牢獄」、「刑務所」を意味する語である。語義や用例がきわめて多く、使用頻度が高く、したがって、その項目に大きなスペースを割かざるをえない、そうした語彙の語義説明の冒頭に近い箇所に、唐突にこのような記述が登場することは、いささか奇異な印象を与えないではおかない。しかし、それは、この語彙に、差別的にも響きかねないからこそ抑圧される、そうした否定的な含意がひそんでいることの証左ではあるだろう。いずれにせよ、「家」とは、民家にかぎらず、人間を住まわせ、かくまい、保護し、収容し、あるいは拘禁する建造物であると、とりあえず定義することができる。
しかし、「チリメンハッカ」は植物であって、人間ではない。しかもそれは、この「家」の「まえ」に、いいかえれば外部に、位置している。日本語でも「ハウス栽培」という用語があるように、やはりザンダース＝ヴュルフィングによれば、**Haus**の第二義として、「住居の仕様にしたがって建造されながら、専一に居住にもちいられるわけではない建物」で、「通常、より詳細に規定する添加語をともなう」という説明のあとに、「外国種の植物」のための「家」が例示されている。すなわち、それは、温室のように、植物をかくまう建造物でもありうることになる。しかし、この「チリメンハッカ」は、そうした庇護の外におかれている。

チリメンハッカ　シソ科ハッカ属の多年生草本。ハッカ属は、約二十種を数え、主として地中海地方や西南アジアに分布する。いずれも葉や茎に揮発性の油（メントール）を含む。葉は、小歯状であるか、あるいは浅裂している。チリメンハッカは、ドイツ語の俗称でミズハッカと呼ばれているものや、あるいはセイヨウハッカ（ペパーミント）など、縮れた葉をもつ数種の総称だが、今日、一般に庭園で栽培されている種は、たいていはミドリハッカ、和名オランダハッカ（スペアミント）の変種である。野生のミドリハッカは、九〇センチメートルの高さにおよび、秋に薔薇色ないしライラック色の花をつける。他方、ドイツ語の古名として「チリメンハッカ」と呼ばれていたのは、ミズハッカの変種だったらしい。ミズハッカは、二〇センチメートルから八〇センチメートルの高さで、湿潤した土壌に自生する。花は、薄紫ないしピンク色をしている。

「家のまえ」が庭園を意味しているとすれば、この「チリメンハッカ」は、おそらく「ミドリハッカ」の謂である。建物による庇護を欠いたまま、さりとて野生のままに、自由に咲いているわけでもなく、やはりある仕方で支配され、管理されているということになるだろう。しかし、それは、小川や沼地や墓地に生えるという、「ミズハッカ」の原初の記憶を残しているかもしれない。

「チリメンハッカ」は、「タチジャコウソウ」と同様に、強い芳香を有している。ここでもそれは、植物の発する音声なき言語として、またしても共感覚として、直接、人間の嗅覚、味覚に作用する。ハッカが調味料、香料、口中清涼剤として利用されていることも、その観念連合の契機になっているだろう。しかし、それは、そうした隠喩的連関の域をこえて、語と語がそれぞれにひきおこす音韻の自己運動にとらえられていく。Minze（「ハッカ」）は、脚韻によってMund[e]（「口」）に結合される。語源を異にしているものの、Minzeは、たとえばゴート語、古高ドイツ語まで遡ってみれば、その音韻の変遷において、Mundないしmouthとかなりの程度まで似通っていることが理解できるだろう。

もし「チリメンハッカ」が「口」を寓意しているとすれば、日本語で「縮緬」にたとえられるように、葉の縮れを意味しているはずの「ちりちり（kraus）」という形容詞は、「口」という名詞を修飾することによって、とりあえずは「皺のよった口」を、すなわち老人の口を、表象させるかもしれない。しかし、それ以上に、この形容詞には、比喩表現として「錯乱した、脈絡のない、胡乱な、奇矯な（思考、発言）」といった語義が含まれている。かくして、「チリメンハッカ」の名前をもつ、シソ科ハッカ属の草本とも思われた形象は、たちまち「胡乱な」言葉を語る「口」に変容していく。それは、脚韻によって、ある名詞がべつの名詞と相互に代置可能となり、形容詞が視覚的、具象的な語義から比喩的な語義へと逸脱する、そうした言語機能の媒介を経てのことである。

第一連の「ここ、その家のまえ、その家のまえ」という強い場所の規定は、第二連では「この刻限、おまえの刻限」という、おなじように強い時間の規定に移行していく。しかし、「家」がまぎれもない実在の印象を与えるのに比して、「おまえ」と呼ばれる存在は、けっしてそこに現前してはいない。「チリメンハッカ」という媒体を介して、すなわち「胡乱な」言葉を語る「口」をとおして、「私の口」と「会話」をかわすのは、「おまえ」自身ではなくて、「おまえの刻限」なのだから。その語りかけを契機としてはじまる、「私の口」との「会話」は、「私の口」がはらんでいる「沈黙」との「会話」へ、語りでることを「拒む言葉」との「会話」へと、たえまなく横すべりしていく。それがやがて「私一人」との「会話」にいたるにしても、そこに露呈されているのは、実は相互作用としての「会話」の、すなわち対話の、不能にほかならない。いや、そもそも「私」と「おまえ」との、主体と主体との「会話」が、最初から成立していないのは、いったいどうしてだろうか。読者が、それはもしかして、「おまえ」が非在だからではないか、「おまえ」がすでに死者になってしまっているからではないのか、と思いあたるのは、その「会話」の相手として、「あまたのまぢかい没落」が名ざされるときである。

テクストを内在的にとらえている、あるいはテクストに内在的にとらえられている読者には、それがどのような出来事であるのか、まだ知る由もない。「まぢかい」という形容詞は、それ自体、空間的、時間的の、いずれの意味にも解することができる。第一連の「ここ、その家のまえ、その家のまえ」という場所の規定と、第二連の「この刻限、おまえの刻限」という時間の規定は、いずれの解釈をも許容する。とりあえずここでは、後者に、すなわち時間的な意味に、限定してみることにしよう。ところで時間的に「まぢかい」とは、近接した過去ではなく、近接した未来をさししめすのが普通である。そして、ここに示唆されている破局的な事態こそが、「おまえ」を死者たらしめた出来事であったとすれば、「私」が語っている時点においては、すでに過去の出来事と化しているはずのこうした「没落」は、あらためて「おまえ」の生前のある時点から、ほかでもない「この刻限、おまえの刻限」から、把握されていることになる。語りの現在としての「私」の「刻限」と、過去になっているはずの「おまえの刻限」が、ここで不意に同一化される、それは、死者が「私」の記憶のなかによみがえる瞬間にほかならない。

「われわれみんなで三人」の、「私」をのぞいた他の二人がだれであるのか、テクストからは、やはり読みとれない。ともかくも、「私一人」と、そして「われわれみんなで三人」と、「おまえの刻限」がかわす最後の「会話」は、「なかば縛られ、なかば戸外で」おこなわれる。ここには、二重の含意がある。ある破局的な出来事によりそうならば、「なかば縛られ、なかば戸外で」という表現は、そのまま直截に読みとるほかないだろう。おそらくは近い将来に死者となるであろう人たちが、「狭いところで」、たとえば「私」にも周知のものであるらしい「家」、なんらかの「建物」の内部で、「なかば縛られ」、拘束され、あるいは「広いところで」、「なかば戸外で」放置されていた、とは、いったいどのような事態をさしているのだろうか。

他方、「語ることを拒む言葉」がようやく語りでるとき、それは、畢竟、詩の言葉でしかありえない。詩学のタームにしたがえば、「縛られ（gebunden）」は、「韻文」を、「戸外で（im Freien）」、すなわち「自由に（frei）」は、「自由律」を、それぞれ意味している。意図して定形を、それもきわめて単純な韻律形式を、選択しているこの詩は、民謡ないしわらべうたを模しながら、ほとんどパロディのように、詩語そのものが、あえてみずから「縛られ」ているのである。

その属性よりも、むしろその名辞によって、いまや言葉を語りはじめる口として表象され、寓意化される植物（2）

つぎの詩には、またしても標題がない。それは、詩集『息の転回』（一九六七）の劈頭に位置している。

おまえは、かまわずに私を
雪でもてなしてくれていいのに。
私が桑の木と肩をならべて、
夏のなかを歩いていくたびごとに、
そのいちばん若い葉が、そう
叫ぶのだった。

まずは「桑の木」（一三）について調べてみよう。なかんずく「雪」や「夏」に影響される、すなわち季節に依存する、その成育条件に注意しながら。

クワ　クワ科クワ属の植物の総称。温帯、亜熱帯に、十二種を数える。元来は落葉樹であるが、温暖な気候にあっては常緑化する。枝は、春には緑色だが、秋になると、種類に応じて灰色、あるいは褐色に変様する。尾状花序とブラックベリーに似た偽果をつける。カフカス原産のクロミグワは、果実生食用として、欧米で栽植される。東アジアでは、ヤマグワ、マグワなどの葉を、蚕の飼料に利用する。

「私」が「桑の木」と出会うのは、年毎の「夏」である。「桑の木」は、「私」の眼には、すでに常緑樹と映っている。その枝は、「夏」には、つねに緑に繁茂しているのだから。それにたいして、「そのいちばん若い葉」が、その「たびごと」に、「おまえは、かまわずに私を／雪でもてなしてくれていいのに」と「叫ぶのだった」。もともと落葉樹で、その枝とて、秋には灰色に、あるいは褐色に変様する「桑の木」は、もちろん冬を、そして「雪」を、知っている。それにしても、それは、いったいどのような「雪」か。

そのように自問しながら、読者の思惟は、しかし、ここで不意に中断する。それとともに、これまでのツェラーンのいくつかの詩においてそうであったように、ここでもまた、「桑の木」が喚起してくれるはずの自然の形象は、はやばやと言語の範疇へと移行しはじめる。「桑の木（Maulbeerbaum）」と語源を異にするものの、部分的に同音異義語をなしている名詞 Maul は、元来は「動物の口」だが、俗語として「人間の口」をも意味し、「大口をたたく」、「口が悪い」といった用例において、言葉を話す「口」の意にもちいられる。（一四）そして、「葉（Blatt）」は、そこに文字が書かれるはずの、あるいはすでに書かれてある「用紙、一葉の紙、ページ」でもある。それにくわえて、この「桑」の「葉」は、言葉を「叫ぶのだった」。こうした言語の範疇は、一見しての「桑の木」の擬人化と軌を一にしている。「桑の木」は、「叫ぶ（schreien ＞ schrie）」に先だって、すでに人間さながら、「歩いていく（schreiten ＞ schritt）」形姿でもあった。「私」と「桑の木」は、「夏のなかを」、言語をそなえた存在のみが意識しうる時間のなかを、おそらくは記憶の空間のなかを、「肩をならべて（Schulter an Schulter）」過ぎていく、たがいに相似の存在だった。

　このSch-rのユニットは、テクストのなかに氾濫している。行内韻として、あるいは字母の反復として、声と文字が緊張し、拮抗する仕方で。詩人がこの詩の朗読テープを残しているのも、理由のないことではない。言語の範疇に属しているいくつかの語彙は、はたして声の系列（「桑の木」→「口」→「叫ぶ」）と、文字の系列（「葉」→「用紙」）に、区分されてくる。「桑の木」の「いちばん若い葉」が「叫ぶ」のは、そうした二つの系列が交叉する局面である。それは、本来、「口」をそなえているからには声を発するはずの存在の、しかしなんらかの事情によって書かれた文字であることを強いられていた言葉が、ふたたび声として発現してくるという事態を意味している。それでは、声の同時性、同一性を破壊しつつ、時間ないし空間の懸隔をおしひろげるエクリチュールの作用は、「夏」という季節によって暗示されるほかはない、いったいどのような出来事をなぞっているのだろうか。

それにくわえて、そうしたエクリチュールが、「夏」の記憶の空間のなかで、その「たびごとに」反復されつつ、幻聴さながら、あらためて声として活性化されるという、いまひとつの作用は。

それは、あるいはこういうふうに解釈できるだろうか、つまり、かつては生きていたはずの存在が、いまは死者の領域にはいりこんでしまっていて、それでいながら、残されたその文字が声として、いまなお生きているかのように、「私」の耳朶を搏つ、と。もしそうだとすれば、「桑の木」が擬人化されているのではなくて、逆に、ある人格が「桑の木」に擬せられていることになるだろう。そして、「いちばん若い（jüngst）葉」を、あるいは「最近の手紙の一葉」と読むこともできるかもしれない。「私」の手許にとどいたときには、すでに死者になっているであろう人からの。

そのとき、「桑の木」の「いちばん若い葉」が、「おまえは、かまわずに私を／雪でもてなしてくれていいのに」と「叫ぶ」、その意味が、ようやく明らかになってくる。「もてなす（bewirten）」という動詞は、元来、「主人、ホスト（Wirt）」として客を饗応する、の意である。文化、習俗にかかわるこの動詞を、「雪」という自然、気象にかかわる名詞に結合させていることを、奇異とするにはあたらない。名詞 Wirt から派生した形容詞 wirtlich は、「客あしらいがいい」にくわえて、「（土地、気候が）快適な」をも意味している。しかも今日では、それは、否定の接頭辞をともなって、「（土地、気候が）荒涼とした、きびしい」の意でもちいられるのが普通である。そして、ここでふるまわれるのが「雪」だとすれば、それは、なんと死者にふさわしい儀礼であることか。この「桑の木」は、死者に相応のもてなしをしてくれていいのに、と語りかける。そうすれば、「夏」の記憶のなかでは常緑樹でありつづける「桑の木」も、ようやく冬に遭遇して、もともとの落葉樹の形姿にかえることだろう。「かまわずに」という副詞の原語は、「慰める」という動詞の古い過去分詞形に由来している。死者にふさわしく対することもないままに、死者がなおも生きてでもいるかのように、ともに「夏」の記憶を閲していく「私」は、生き残った者として、依然として何かにこだわりつづけている。「私」は、けっして「慰め」られてはいない。「雪でもてなす」こと、死者を死者たらしめること、その声を沈黙せしめることが「私」に要請されている、いまでも。

人々と書物が生きていた土地

東欧の植物相に属する／エクリチュールへと解体されていく植物の名辞（1）

ツェラーンは、ブレーメン文学賞の受賞講演（一九五八）のなかで、故郷のブコヴィーナのことを、「人々と書物が生きていた土地」と呼んでいた。「人々」が「生きていた」のはともかくとして、「書物」が「生きていた」とは、どういう意味だろうか。「書物、本（Buch）」の語源は、「ブナ（Buche）」である。それは、紙が発明される以前に、「ブナ」の木板を書字にもちいたという事実に起因している。樹木が、たとえば「ブナ」の木が、「生きている」という意味では、畢竟、「書物」は、紙に書かれた文字は、死んでいるだろう。それでも「書物」が「生きていた」とすれば、それは、植物さながら生いたってきた地域と、土地と、どのように結びついていたのだろうか。それとも、もはや結びついてなど、いなかったのか。

ブコヴィーナ、現在のルーマニア北東部からウクライナの西部にかけてひろがっている、このかつてのオーストリア＝ハンガリー帝国直轄領は、ブナを中心にして、さまざまな樹木にめぐまれた、ゆたかな植物相をしめしていた。さきにふれたように、「ブコヴィーナ（Bukowina）」という地名にしても、スラヴ系の言語で「ブナ」を意味する語に由来している。第二次大戦中にドイツ軍が占領していたときには、この地名のスラヴ風の響きを避けて、昔から一部で使われていた「ブーヘンラント」、すなわち「ブナの国」という呼称を採用したこともあった。（二）いずれにせよ、「人々と書物が生きていた土地」という形容には、人間と言葉、それも書かれた言葉ばかりではなくて、言葉をその生成においてはぐくんだはずの樹木までもが、みだりに毀傷されることなく生きていた土地という、ユートピア的な幻想が表出されているように思われる。ブレヒトのある詩が告げているように、「樹木について語ることがほとんど犯罪で」あった、（三）そうした時代の回想として。

つぎの詩は、『無神の薔薇』に収録されている。

研ギスマサレタ切先ニ

鉱物が露出している、水晶、
晶洞が。
書かれなかったものが、言葉へと
硬化されて、ひとつの

空を劈開する。

（上方へ、地表へと、断層変位して、
たがいに交叉して、そのように
私たちも横たわっている。

かつてそのまえにあった扉よ、そのうえの
殺された白墨の星を
書きつけた板よ。
その星をもっている、
いま——読んでいる？——ひとつの眼。）

そこへといたるいくつかの道筋。
森の刻限、
呟きつづける轍にそって。
拾い
集められた、
ちいさな、割れた

ブナの実。黒ずんだ
裂け目、指の
思念によって問いただされる、
何に――
ついて？

反復できないものに
ついて、それに
ついて、すべてに
ついて。

呟きつづける、そこへといたるいくつかの道筋。

心となったもののように、
挨拶もなく、去りゆくことのできる何かが、
いま到来する。

この詩のフランス語の標題「研ギスマサレタ切先ニ（À la pointe acérée）」は、ボードレールの散

文詩集『パリの憂鬱』におさめられた「芸術家の告白」中の、「無限」の「切先」ほど、「研ぎすまされた切先はほかにない」という一文から引かれている。(三) しかし、そこには、「秋」と「空」というモティーフ以外に、ツェラーンの詩に通じるものはない。おそらく彼の関心をひいたのは、フランス語の動詞 **acérer**(「鋼をきせる、鋼で刃をつける、(鎌などを)鋭利にする、辛辣にする」)だったにちがいない。過去分詞形 **acéré(e)** には、「鋼をきせた、鋭利な、辛辣な」といった語義にくわえて、「鋭く尖った」という博物学用語が含まれている。ツェラーンの作品中の語彙に即していえば、それは、「鉱物」、「水晶」の形状にとどまらず、「硬化され」た、すなわち「(鋼鉄などが)焼き戻された、焼きを入れられた」状態にも関連していくだろう。

「鉱物」、「水晶」、「晶洞」、さらには「断層変位」といった鉱物学、地質学用語にたいして、植物に属する語として、「森の刻限」、「ブナの実」がある。「鉱物」の領域と「植物」の領域がどのように関連しているのかは、第四連の最初の行「そこへといたるいくつかの道筋」から推測することができる。つまり、これらの「道筋」は、「植物」の領域を経由して、「鉱物」の領域へと通じているのである。そして、「ブナの実」のころがっている「森」、「ブナ」の「森」から、「ブコヴィーナ」という地名を想起するのは、自然な成り行きだろう。

ブナ 北半球の温帯地方に成育するブナ科ブナ属の落葉喬木。やや高い山地に生え、生態学上の指標植物とされる。高さは、約二〇メートルにおよぶ。葉は、全縁であるか、あるいは微細な鋸歯をもつ。樹齢四十年を経て、ようやく三稜形の実をつけるが、これにしても、五年から十年ごとに、多く結実するにすぎない。広くヨーロッパ各地に分布するヨーロッパブナは、葉が互生、有柄で、卵形または楕円形をなしている。樹皮が銀灰色で、紅葉が美しい。その東限は、旧東プロイセンのケーニヒスベルク（カリーニングラード）からカフカス（コーカサス）山脈にいたる線によって、標示される。オリエントブナ、別称コーカサスブナは、葉が広い。ヨーロッパ東南部、西南アジアに自生し、一部、栽植される。

「鉱物」や「植物」に属する語彙にくわえて、やはり「言葉」にかかわる語がいくつか、もちいられている。たとえば、「書かれなかったもの」、「言葉」、「書きつけた」、「読んでいる?」、等々。そして、それをさらに敷衍すれば、「拾い／集められた（auf/gelesen）」、というう過去分詞は、とりあえずは「ブナの実」の採集をさしているが、それが修飾している名詞の「ブナの実（Buchecker）」から、「本（Buch）」という名詞を導きだすならば(四)、行分けによって切り離された基礎動詞のlesenは、まさに「読む」を意味することになる。「指の思念によって問いただ」すとは、「指先でさぐりつつ読みと」ることにほかならない。現在分詞の「読んでいる」に、疑問符が付されているように、言語記号をただ視覚的にのみ読みとることは、すでに不可能になりつつある。「森」のなかをくぐり抜けて、「水晶」が露出している場所へ、この道行の意味するところを、「言葉」として、「言葉」になりうるものとして、読みとり、解釈することが、「読む」ことの原義に遡った営為が、ここで要請されているといえるだろう。「書かれなかったもの」を「言葉」へと結晶させること、「硬化させる」ことは、「鋭く研ぎすます」ことと軌を一にしている。しかし、「硬化させる」には、「心を頑なにする、冷たくする」といった比喩的な用法もあるとすれば、それは、いったいどのような「言葉」でありうることだろうか。

第二連と第三連は、括弧でくくられている。この二つの連は、他の連とは、話者を異にしていると解釈すべきだろう。「私たち」という一人称は、テクスト処理においてすら差別された、非公然化された枠内でしか、語りでることはない。「私たち」は、おそらくは死者である。「断層変位し(verworfen)」は、「投げ捨てられて、排斥されて、劫罰をうけて」とも読むことができる。地表に露出している「鉱物」のように、強制収容所さながら、野面に遺棄されて、「たがいに交叉し」つつ、「横たわっている」彼らの「眼」は、「眼(Auge)」の「星(Stern)」を、すなわちいっぱいに見開かれた「瞳(Augenstern)」を、まだそなえてはいる。しかし、それは、すでに何かを「読んでいる」、読むことのできる「眼」ではない。「読む」ことは、生者である匿名の「私」にゆだねられている。

一人称の代名詞としては登場しない「私」は、この無告の声をも構造化したテクスチュアを、「指の思念」によってあらためて解読し、そして語らなければならない。「植物」の領域から「鉱物」の領域への道行は、記憶によってなぞる旅、反復する旅である。しかし、意識のなかで、「反復できないもの」を「反復する(wiederholen)」こと、「(わざわざ)取りに行って持ち帰ってくる、もとの場所へふたたび取り戻す(wiederholen)」ことは、およそ不可能な営為である。しかし、その何かは、「挨拶もなく、去りゆくことのできる」もの、忘却されうるものであるからこそ、また逆に不意に「到来する」こともあるにちがいない。「心となったもの」のみが、意識的な記憶にたいして、思いがけない不意撃ちをくらわせることができるかのように。

「呟きつづける轍」、「呟きつづける、そこへといたるいくつかの道筋」とは、何を意味しているのだろうか。「呟きつづける（blubbern）」には、「ベルリン（Berlin）」という地名を構成する六つの字母のうち、五つが含まれている。一九三八年の十一月九日から十日にかけて、故郷のチェルノヴィッツから、クラクフ経由の列車ではじめての長旅をした一八歳のパウル・アンチェルは、ベルリンのアンハルト駅で、いわゆる「水晶の夜」に遭遇していた。(五) ユダヤ人の商店のショーウィンドーのガラスが破壊され、夜の路上に散らばって、まるで「水晶」のようにきらめいていたという、この出来事についていて、いまさら詳述するまでもないだろう。ユダヤ人所有の家屋の「扉」に、「白墨」でダヴィデの「星」を書きつけた「板」を打ちつけて、目印にしたといわれるのも、また事実に属している。

東欧の植物相に属する／エクリチュールへと解体されていく植物の名辞(2)

「植物」の領域から「鉱物」の領域へ。そうした詩を、もう一篇、読んでおくことにしよう。これは、遺稿として残された詩集『雪の声部』（一九七一）のなかに含まれているものである。

いま一度、昏くたちあらわれつつ、
おまえの語りがやってくる、
ブナの木の

あらかじめ蔭につつまれた葉の発芽にむかって。
おまえたちのことを
何もいいたてるまでもない、
おまえは、疎しさに封ぜられているのだから。

際限もなく、私は聴きつづける、
おまえのなかに、石が存在しているのを。

「ブナ（Buche）」の「葉（Blatt）」とは、またしてもそのまま「書物（Buch）」の「一葉、ページ（Blatt）」でもあるだろう。「発芽（Trieb）」はまた、「衝動」とも読みかえることができる。それは、エクリチュールになおも残っている、樹木の生の痕跡だろうか。それとも、エクリチュールそのものの欲動だろうか。ともあれ、そうしたエクリチュールへと衝迫してくるのは、生きているとも思える「おまえの語り」、声である。死んでいるエクリチュールを、あらためて蘇生させようとでもするかのように。しかし、「おまえ」自身が、死者であるにちがいない。「おまえの語り」は、「昏くたちあらわれ」てくるのだから。そして、「おまえ」ないし「おまえたち」と同様に、その出自を剥奪されているのであろう「ブナの木」も、だれのものとも知れぬエクリチュールの営みも、やはり「あらかじめ蔭につつまれて」しまっている。死の先触れとして。

他方、もはや生きてはいない「おまえ」は、「疎しさ」に棲んでいる、といわれる。「おまえ」は、生来の土地から拉致されたというにとどまらない、幽明界を異にして、もはや生者の世界からへだてられた「疎しさ」そのものに、「封ぜられている」のである。その「封土」、なんらかの力によって強いられた結果として、仮に与えられ、定められた存在の場所は、おそらくは「石」の土地である。こうして、生きているかに思われた「おまえの語り」は、「私」にとって、この「疎しさ」を、「石」そのものを、語りつづける言葉と化していく。そのとき、「私」は、もはや「ブナ」の「葉」を読むこともないだろう。「私」は、もはや「聴く」ことしかできないのだから。ただ「際限もなく」。

かならずしも東欧の植物相に限定されない／ほとんどが薬草として、毒性ないし苦味を有する／孤立し、分断されていく植物の形象(1)

「むこうに」と題された詩は、ツェラーンの第一詩集『骨壺からの砂』(一九四八)の冒頭に位置している。

むこうに

栗の木立のむこうから、ようやく世界がはじまる。

そこから夜ごと、風が雲の車に乗ってやってくる、
そして、だれかがこちらで立ちあがる……。
風は、彼を栗の木立のむこうへ連れていこうとする、
「こちらにはオオエゾデンダが、こちらにはジギタリスが、咲いているよ！
栗の木立のむこうから、ようやく世界がはじまるのだよ……」などと。

そのときぼくは、コオロギがするように、小声でチロチロと鳴いてみせる、
そのときぼくは、彼をとらえる、そのとき彼は、抗わないではいられない。
その関節に、ぼくの叫びがからみつくのだから！
夜ごと、幾度も幾度も、風が舞い戻ってくるのをぼくは聞く、
「こちらには、広い世界がもえているよ、そちらはだって狭いじゃないか……」と。
そのときぼくは、コオロギがするように、小声でチロチロと鳴いてみせる。

しかし、夜がここでも明けそめることなく、
風が雲の車に乗って舞い戻ってきて、
「こちらにはオオエゾデンダが、こちらにはジギタリスが、咲いているよ！」などと、
彼を栗の木立のむこうへ連れていこうとするとき――

そのときぼくは、そのときぼくは、もはや彼をここ
にひきとめようがない……

栗の木立のむこうから、ようやく世界がはじまる。

第一連は、ただの一行である。「栗の木立のむこうから、ようやく世界がはじまる」と。このあとに、すぐに一瞬の沈黙がくる。こうして語りはじめられる、一見、素朴な詩行は、はたしてすぐに、ひとつの物語の空間を構成しはじめる。「栗の木立」にへだてられて、こちらと「むこう」と、それぞれ異なった二つの領域がある。「むこう」だけが、「世界」と呼ぶに値する領域であるらしい。そして、ある邪悪な存在が夜ごとやってきて、甘言を弄して、「ぼく」の親しい人物を、「むこう」の「世界」へと連れ去ろうとする。そのたびごとに、「ぼく」はひきとめようとするものの、とうとうある日、その努力もむなしく、「彼」は「むこう」の「世界」へ拉致されてしまう、云々。こうした物語にしても、そのディスクールは、通常、現実を記述する言葉とはちがった、二、三の植物の名辞のような、いわば寓話的な言葉からなりたっている。

ヨーロッパグリ

クリ　ブナ科クリ属の落葉喬木の総称。ヨーロッパグリは、主として地中海地域に分布しているが、元来、小アジアの原産と推測され、バルカン半島にも多く自生している。花には、いずれも

特有の香りがある。種類によって、およそ一〇メートルから二〇メートルの高さに達する。果実は堅果で、食用に供されるものが多い。一部、ブナ科トチノキ属の植物も、広義のクリと見做される。

マロニエ　バルカン半島南部原産の落葉喬木。樹高二〇メートルから二五メートルで、対生葉、長柄、大型の掌状複葉をなしている。花は円錐花序で、白色にやや赤みをおびている。街路樹として、広く栽植される。(六) 和名はセイヨウトチノキで、オオグリ、ウマグリとも称する。

「栗」のほかにも、「雲の車」に乗ってやってくるという「風」の科白には、あまり耳なれない二種類の植物の名称があらわれる。

オオエゾデンダ　ほぼ全世界に分布する、ウラボシ科エゾデンダ属のシダ植物。石灰質に乏しい土壌に自生し、森や、木の幹や、岩場や、古い石塀などにしばしばみられる。匍匐する根茎と暗緑色の羽状葉を有し、夏に、葉の裏側に胞子を生じる。根茎は、噛むと当初は甘みを生じるが、次第に辛みや苦みに変じるという。ドイツ語で「天使の甘美」を意味するが、この名称は、その薬草としての効用に由来する。

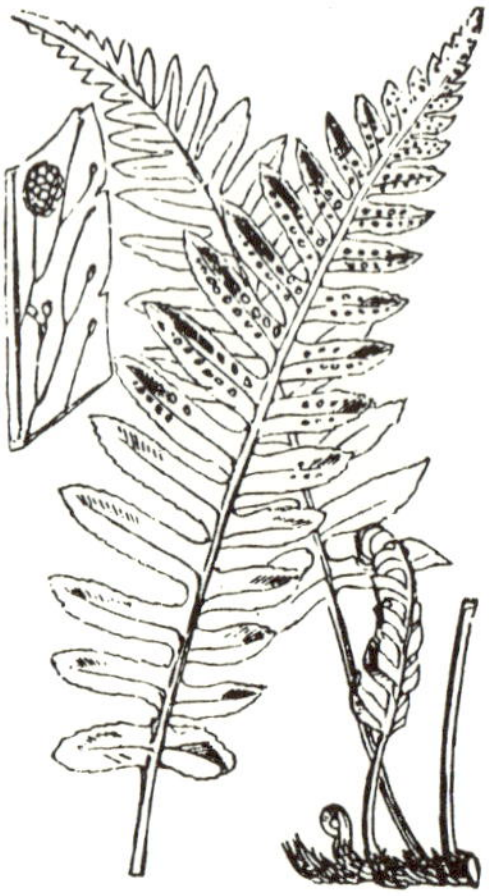
オオエゾデンダ

ジギタリス

ジギタリス　ユーラシア、主として地中海地方に分布する、ゴマノハグサ科ジギタリス属の多年生草本。ドイツでは、シュヴァルツヴァルトやチューリンゲンの森林地帯にみられる。石灰質に乏しい皆伐地や傾斜地に自生し、また薬草として栽培される。高さは五〇センチメートルから一三〇センチメートル。花は、外側は紫紅色で、内部に明るく縁どられた濃い斑点を有する。学名の「ジギタリス」は、ラテン語で「指」を意味する語に発し、ドイツ語で「赤い指帽子」を、和名で「狐の手袋」を意味する、それぞれの俗称も、その筒のような花冠の形状に由来する。その葉は、すでに一〇世紀に潰瘍の、一六世紀に心臓病、肥満、便秘の薬としてもちいられたが、現在も強心薬として利用されており、元来、強い毒性をもっている。

「オオエゾデンダ」と「ジギタリス」は、いずれも彩りの美しい、しかし、どこか不吉な雰囲気をただよわせた薬草である。しかし、こうした道具立が多彩な、ゆたかな現実を再現するわけでもなくて、そこに醸成されるのは、むしろある奇妙な非現実感である。それは、これらの植物の名辞が、通常、自然が蔵していると見做されている生命の連関を、いっこうに表象させてくれないことに起因しているのだろう。「栗の木立」にしても、こちらと「むこう」とをへだてている境界として、テクストのなかに五度も反復されはするものの、とくに木の形状も花の色も指示されることはない。「オオエゾデンダ」と「ジギタリス」は、上述のように、「天使の甘美」であり、「赤い指帽子」であって、メルヘン風の心象を喚起もしようが、しかし、そうした心象にしても、信用のおけない甘言に由来することからして、邪悪な語り手が意図したはずのリアリティは、「私」が付した引用符によって、すでに失効しているのである。

むしろ、ここである種の無気味なリアリティをもっているのは、「世界」という、いたって抽象的な単語である。「栗の木立のむこうから、ようやく世界がはじまる」、この詩行が三度、くりかえされるが、その意味するところは、その都度、異なっている。最初の行にあらわれる「世界」は、何も知らない読者に、ある未知の「世界」にたいする期待をいだかせる仕掛になっている。つぎに風の誘いの言葉のなかにある「世界」は、はたして「栗の木立のむこうから、ようやく美しい幸福な世界がはじまる」という意味では、その期待の実現を請けあうものではあるだろう。しかし、それを「私」がおうむがえしに反復しているようにみえる最後の行の「世界」は、もはやなんとも名状しがたい「世界」に変様してしまっている。

おなじ語彙を反復しながら、文脈によって含意を変化させていく、こうしたディアフォラの戦略は、ツェラーンにあっては、とりわけ定冠詞と結託している。「栗の木立のむこうから、ようやく世界がはじまる」という詩行には、二個の定冠詞が含まれている。「(あの) 栗の木立」と、「(あの) 世界」と。定冠詞が既知の事象を指示するからには、そこでは、話し手と聴き手とのあいだの暗黙の了解が前提になっているはずだが、一定の具象性を仮定している「(あの) 栗の木立」はともかく、「(あの) 世界」がどのような「世界」なのか、読者には知る由もない。音韻からして揚格になっていて、定冠詞というよりもむしろ指示形容詞に聞こえる「(あの) 栗の木立」の、おそらくは近接性に依拠している強い指示性にくらべれば、「(あの) 世界」という、それ自体、何の心象をも喚起しない抽象名詞に、抑格とともに、よるべない仕草で付されている定冠詞は、一見、話し手と聴き手とのあいだの暗黙の了解を保証しているようでありながら、実は、その可能性の希薄さを露呈している。それでは、「(あの) 世界」とは、どのような世界なのか。標題と詩行の内部にもちいられている、いずれも「むこう」と訳される、一定の位置関係を表現している副詞と前置詞は、どのような方向性を指示しているのだろうか。

ブコヴィーナから、ドゥニェストゥル川を越えた「むこう」は、ルーマニア語で「ドゥニェストゥル川の彼岸」の意で、「トランスニストゥリア」と呼ばれていた。「栗」を意味する普通名詞 **Kastanien** は、地名に似た語尾を響かせながら(七)、ドイツ語による呼称 ***Transnistrien*** のアナグラムに近づこうとする。そのとき、境界を劃し、差異をつくりだしていく、この樹木の名辞は、ほとんど記号としての地名と化している。ドイツ占領下のウクライナの一部で、ドゥニェストゥル川とブグ川にはさまれたこの地域は、ツェラーンの両親をはじめ、当時のブコヴィーナに住んでいたユダヤ人たちが、あるいは甘言で誘いだされ、あるいは強制連行されていった土地でもあった(八)。

かならずしも東欧の植物相に限定されない／ほとんどが薬草として、毒性ないし苦味を有する／孤立し、分断されていく植物の形象(2)

つぎの詩も、やはり詩集『骨壺からの砂』に含まれていたが、のちにツェラーンの事実上の第一詩集になった『罌粟と記憶』に再録された。故郷のチェルノヴィッツを去って、ブカレストに住んでいた時期の作と推定されている。これは、各連ごとに、その都度、ちがった植物の名前を呼びだしながら、「緑の葉」の語は共通しているという、あるルーマニアの民謡に範をとったもののことである。(九)

ハコヤナギよ、おまえの葉は白く闇のなかをみつめている。
私の母の髪は、けっして白くならなかった。

タンポポよ、ウクライナはこんなに緑だ。
私の金髪の母は、家に帰ってこなかった。

雨雲よ、おまえは井戸のほとりでたゆとうているのか。
私のもの静かな母は、すべての人々のために泣いている。

まるい星よ、おまえは金の輪をまいている。
私の母の心臓は、鉛の弾で傷ついた。

樫の扉よ、だれがおまえを蝶番からはずしたのか。
私の優しい母は、もう帰ってこない。

「ハコヤナギ」は、日本原産の「ヤマナラシ」の別称だが、ここでそう訳したのは、正確には近縁の「ヨーロッパヤマナラシ」である。

ヨーロッパヤマナラシ　ヤナギ科ヤマナラシ（ハコヤナギ、ポプラ）属の落葉喬木。ヨーロッパ、北アメリカ、西アジア、シベリアに分布する。葉は広楕円形で、下面は灰白色をなしている。葉柄が長く、たえず葉をふるわせているようにみえることから、「ふるえるポプラ」を意味するラテン語の学名やドイツ語の俗称が生まれた。墓地に植栽され、葉の裏の白色とも相俟って、不安、恐怖を象徴するようになった。一説によれば、この木からキリストの十字架がつくられたともいう。ドイツの民間療法では、葉を解熱剤としてもちいる。

タンポポ　キク科タンポポ属の多年生草本の総称。タンポポ属は、約七十種、細分すると約二千種におよび、主として北半球の温帯から寒帯にかけて、幅広く分布する。ヨーロッパ原産のセイヨウタンポポは、牧草地や都会の空地に自生する。黄色の花や、乳状の液を分泌するロゼット、すなわち円座形の根出葉を有する。食用、薬用とされ、ヨーロッパでは、古来、血液の浄化、利尿、痛風やリューマチの治療にもちいられた。葯と柱頭なしでも結実することから、「処女生殖」するものと見做され、聖母マリアの象徴となった。またその根は苦みがあるために、キリストの受難を寓意するともいう。

さきの詩における「クリ」につづいて、ここでもブナ科の植物があらわれる。もっとも最終連によようやく言及されるそれは、「クリ」とは異なり、また第一連の「ハコヤナギ」や第二連の「タンポポ」ともちがって、建築資材として加工され、もはや自然の領域から歴史の領域へと移行してしまっている植物、すでに死んだ樹木である。ある境界を標示しているという意味では、「栗の木立」と同様の機能をはたしているといえるかもしれないが。ただしここで「樫」と訳したのは、正確には「オーク」である。（一〇）

ヨーロッパヤマナラシ

オーク　ブナ科コナラ属の総称。日本語でしばしば「カシ」と訳されるが、約五百種を数えるコナラ属のなかでも、カシがアカガシ亜属で、常緑樹に属しているのに比して、ヨーロッパでいうオークは、落葉樹であるコナラ属をさすことが多い。雌雄同株で、鋸歯状ないし裂片状の葉を有する。一年目ないし二年目に成熟する堅果は、どんぐりと呼ばれる。その木部は、船舶、建築、家具などの資材として広く利用されている。

この詩は、当初、新聞に発表された時点では、「母」と題されていたが、ほぼおなじ時期に刊行された雑誌では「ハコヤナギ」に変更されていた。詩集に収録されるにあたっては、その標題も削除されたものの、無題の詩の通例で、詩の冒頭の言葉「ハコヤナギ」が、依然として仮の標題としてもちいられることになる。この変更をみるかぎり、「母」から「ハコヤナギ」へ、いわば人間の領域に属する事柄から、自然の領域に属する事柄へと、詩の主題が転換されたかのような印象をうける。たしかに「ハコヤナギ」にたいする呼びかけからはじまっているものの、しかし、この植物について語られているのは、最初の一行のみで、詩全体が、終始、「ハコヤナギ」を主題にしているわけでもない。第二連には、かわって「タンポポ」が登場するが、それもその一行にかぎられている。この詩の統一、結合をささえているのは、仮の標題があるいは期待させるかもしれない、自然へのミメーシスなどではなくて、実は、当初の標題が予想させたような、それぞれの連の二行目に、楔のようにくりかえし挿入される、「私の母」にまつわる物語なのである。その文脈をたどってみれば、こういうことになるのだろうか、だれのためにも泣くことができた優しい母、髪がけっして白くならなかった、金髪のままだった私の母は、いずこかへ連れ去られ、銃殺されて、もう帰ってこない、と。

しかし、感情移入をもとめるかにみえる、そうした物語は、さまざまな形象をすべてそこへと関連させることによって、かえってその相互の乖離を照らしだす結果にしかならない。「私」の想念は、どのような形象を契機にしても、またしても母親の記憶、それも母親の身体にかかわる記憶に、たちかえっていく。すでに植物ではない、身体といういまひとつのピュシスの幻想に。この感情の偏倚にくらべて、他方、植物の名辞は、有機的な自然への観念連合を獲得することもない。その葉が闇のなかに白く光っている「ハコヤナギ」や、緑ゆたかに繁茂している「タンポポ」にしても、いずれも孤立し、分断された色彩的な心象として浮きあがっているばかりである。これらの形象は、形式的には隠喩にちがいないが、あえて否定的に構成された隠喩である、ということができる。「ハコヤナギ」の葉は白いのに、「母」の髪は白くならなかった、「タンポポ」の生い繁る「ウクライナ」は、いまはいちめんに緑なのに、「母」が死んだころには、実は雪におおわれていた、というふうに。ヤーコブソンのいうように、隠喩が類似性に依拠した結合で（一一）あるとすれば、ここでは、植物的な自然と、他方、歴史的な意味に侵蝕された、いまひとつの自然との、その類似性がくりかえし否定されているのである。いや、その逆接の構造によってこそ、そうした疎隔を強いる、不可視の歴史があらわになるというべきだろう。その指標は、記憶のなかから召喚されて、**k-g** の口蓋音を介しつつ、先行している形容詞「緑（*grün*）」を壊死させていく地名「ウクライナ（U*kraine*）」にほかならない。

東欧の植物相に属する／ある限界、境界を標示する植物

「クリ」の名辞によって喚起されるはずの樹木の表象が、ツェラーンにあっては、いよいよ抽象化の度合を深めていくのは、「栗の木立」がなんらかの境界を標示していたことと、軌を一にしている。差異化の作用は、元来、実体をもちえないのだから。それは、つぎにあらわれる「ポプラ」についても例外ではない。

詩集『閾から閾へ』（一九五五）から。

畑

いつもあれが、あのポプラの木が、
思念の縁に。
いつもあの指が、突っ立っている、
畦のほとりに。

そのはるか手前では
夕闇のなかを、畝の溝がためらっている。
しかし、雲は、

雲はながれていく。

いつもあの眼。
いつもあの眼、その瞼を、
伏せられた兄弟の光のもとで、
おまえがひらいてやる眼。
いつもこの眼。

いつもこの眼、視線を紡いで、
あれを、あのポプラの木を、つつみこむ眼。

「畑」という標題は、それだけでひとつの地平をひらいていく。しかし、そこに現出してくるのは、「畑」のなかには「畝」がたてられ、その上空を「雲」が流れ、「畑」と「畑」とのあいだには「畦」がひかれ、そこに目印の「ポプラの木」が立っている、といった、夕べの平和な田園風景ばかりではない。それは、あくまでもテクストを構成するひとつの層にすぎない。それとは区別される、いまひとつの層が存在することは、「指」、「眼」、「瞼」といった身体にかかわる語彙によって、明らかになる。つまりそこでは、農耕が営まれている「畑」にくわえて、またちがった種類の「フィールド」が、「領域」、「領野」が、かさねあわされているのである。それもまた、「畑」というこの名詞が複数形になっている、そのひとつの理由ではあるだろう。

こうした二層構造は、たとえば第一連では、相互に交叉する技法によって表現される。そこでは、「ポプラの木」と「指」が、「思念の縁」と「畦」が、それぞれ隠喩的に関連づけられてはいる。しかし、実体であるらしい「ポプラの木」が、おなじく実体であるらしい「畦のほとり」に「突っ立って」いるわけでもなければ、何事かを告発するかのように天空をさししめしているかぎりにおいて、おそらく観念であるにちがいない「指」が、おなじく観念に属しているはずの「思念の縁」に位置しているわけでもない。実体としての「ポプラの木」が、観念としての「思念の縁」に位置しているのであり、観念としての「指」が、実体としての「畦のほとり」に「突っ立って」いるのである。こうした交叉の技法をもってしても、実体と観念の、具象と抽象との二つの層は、完全に融和することもなく、依然として異質なままに、相互に接合されるにとどまっている。むしろこのように差異を保存し、差異をおしひろげさえする作用こそ、実はテクストに内在する「思念」の機能なのである。だれの「思念」か、といえば、それは、テクストのなかでは一度も名ざされていない話者の、たぶん生者であるがゆえにこそ、差異化する眼差をもたないわけにはいかない、「私」の「思念」なのだろう。かくして、たとえば「ポプラの木」は、「思念」によっていったん抽象化されたのちに、あらためて「指」としての異様な具象性、非現実の現実性を獲得することになる。ほかでもない、アレゴリー特有の逆説的なリアリティを。

「思念」を「縁」どっているのは、「畦」である。したがって、墓地さながら、区画されているのであろう、この「畑」とは、記憶をまさぐる「思念」の領野そのものである。それは、幾重にも「畝」

に「溝」を刻みつつ、行きつ戻りつしながら、「ポプラの木」が標示している限界に接近しようとして、しかし、「そのはるか手前」で「ためら」い、思いわずらっている。それは、これらの詩行そのものの身振りでもある。ちなみに、Prosa（「散文」）が「前方へむけられた」、「まっすぐに進んでいく」を意味するラテン語に発しているのに比して、Vers（「詩行」）は、やはりラテン語で、元来は「耕された畝」を意味している。超越の境位にある「雲」が、限界にむかって、限界を超えて、すすんでいくのに比して、往還運動をくりかえしながら、限界に次第に接近していくことこそ、「畝」の、ひいては「詩行」の、運動形態にほかならない。そのようにして、「畝」は、詩作品のテクストを構成していく。たえず「ためらい」ながら。

この躊躇の身振りを語っているのが、その都度、対象を確認するように、おぼつかなげに反復される定冠詞であり、指示代名詞である。すでに周知であるかのように名ざされる「ポプラの木」や「指」や「眼」は、しかしながら、既知の認識体系のなかで安定を獲得している物象ではない。そうした定冠詞、指示代名詞は、同一化へと収斂しようとする反復強迫に支配されながら、しかし、それだけ一層、それらの名詞によって指示される物象の認知しがたさ、同定しがたさの逆説的な表出となっていく。「畦のほとり」に「突っ立っている」物象は、「ポプラの木」と「指」とのあいだを揺れ動いてやまないのだから。

もっとも、「ポプラ」を専門用語によって同定することは、さほど困難ではない。

ポプラ　ヤナギ科ヤマナラシ（ハコヤナギ、ポプラ）属の落葉喬木の総称で、高木が多い。北半球の温帯に約四十種が分布する。街路樹に適し、また広場、牧場、田畑などに植えられて、防風帯としても利用される。クロヤマナラシは、ヨーロッパ南部ないし東南部の原産と推定され、菱形ないし三角形の葉を有している。樹皮は、当初の灰白色から、やがて黒ずんだ色に変化する。ウラジロハコヤナギは、ヨーロッパ東南部の原産で、葉に切れ込みがあり、裏に灰色ないし銀白色のフェルト状の毛が密生していることから、ギンドロの異名がある。

そして、「いつも」そこに存在している「眼」。「ポプラ」とかさねあわされている「指」が、おそらく死者の「指」であるとして、「ポプラ」をとらえようとするこの「眼」もまた、やはり死者の「眼」なのだろうか。いや、たぶんそうではないだろう。「あれ」、「あの」と指示される「ポプラの木」が、「指」が、どうやら彼方に「突っ立っている」らしいのにくらべて、「眼」には、やがて近接をあらわす「この」という指示形容詞が付されるようになるのだから。手前のほうに位置しているこの「眼」は、彼方の「ポプラの木」ないし「指」を知覚することができない。なぜなら、この「眼」は、「おまえ」によってようやくひらかれることからして、それまでは閉ざされているのであろうから。それは、「思念」に内在する「眼」、内なる眼にほかならない。

しかし、この「眼」には、「兄弟」、あるいは「姉妹」がいる。このもう一方の「眼」は、閉じてはいないが、「伏せられ」たままである。グリムのドイツ語辞典を引いてみると、「(眼を)伏せる」にあたる動詞 senken には、「(亡骸を、あるいは柩を土中に)葬る」といった用法もある。[一二]「兄弟」は、すでに「葬られ」ている。「兄弟」である「眼」は、死者であるがゆえの逆説的な「光」を放っている。そして、まさにその「眼（Auge）」の「光（Schein）」が、「実見、実地検証（Augenschein）」をようやく可能にするのである。おそらく数知れぬ人々を死者たらしめたのであろう、ある出来事の「実地検証」を。葬られた死者の眼が現場を検証する、その「光」のもとで、閉じているほうの「眼」は、はじめて、あるいはその都度、「瞼」をひらかれる。ほかでもない、「おまえ」の手によって。唯一、主格の人称代名詞として登場する「おまえ」とは、しかし、いったいだれなのだろうか。それもまた死者であるとすれば、このテクストには、いったい幾人の死者たちがならびたっていることか。「指」ないし「ポプラの木」、「伏せられた兄弟」、そして、「おまえ」。これらの死者たちは、たがいにどのような星位を形づくっているのだろうか。ともかくも「瞼」をひらくのは、「おまえ」の「指」である。ここでも、またしても「指」。

はじめて、あるいはその都度、ひらかれるこの「眼」は、「ポプラの木」を、みずから「紡ぎ」だした「視線」の糸でからめとろうとする。ここに糸の隠喩がもちいられているのは、けっして偶然ではない。たとえば「テクスト」という語は、ラテン語で「織りなされた、織りあげられたもの、織物」を意味する語に由来している。言語が本来、時間継起にしたがう線条的な特性をもつとすれば、その糸が、テクストという平面を織りあげていくのである。そして、そうしたテクスチュアは、狭義の言語ばかりではなくて、知覚や思考の次元にもいきわたっている。「思念」の「縁（Saum）」とは、元来は、布地や衣服を折り返して縫った「縁、裾」であり、まさにテクストとして織りなされた「思念」の「縁」、限界である。そこに「突っ立って」いる「ポプラの木」ないし「指」は、「思念」のテクスチュアによっては、もはやとらえられるはずもない。読者にしても、このテクストの限界を超えることはできないだろう。テクストに「つねに」内在している、見知らぬ「眼」と同様に。

東欧の植物相に属する／擬人化されて、多くは死者を寓意する樹木(1)

つぎに読む詩は、わずか三行しかない。これは、『罌粟と記憶』に収められたものである。

風景

おまえたち、高いポプラよ——この地上の人々よ！
おまえたち、幸福の黒い池よ——おまえたちは彼らを死にいたるまで映しだす！
私はみた、妹よ、おまえがこの輝きのなかに立っているのを。

「死にいたるまで（zu Tode）」という慣用句には、「死にいたるまで打ちのめす」、「死ぬほど働かせる」、といった用例がある。故意か否かはべつにして、そこには、つねに「死にいたらしめる」という作為的な性格がある。つまり、他動詞によって形容される行為が、対象を「死にいたらしめる」原因として作用しているのである。したがって、「死にいたるまで映しだす」とは、「幸福」の「池」が

「ポプラ」であるところの「この地上の人々」の生涯を、いわばパノラマのように、「死にいたるまで」時間継起にしたがって「映しだす」ことを意味しない。ほかならぬ「幸福」の「池」が「ポプラ」を、「この地上の人々」を、「映しだす」ことによって、「彼ら」を「死にいたら」しめているのである。それは、「池」の水面が「黒い」ことからして、「幸福」の語がイロニーと響きかねない、ある致死的な機能をもっていることをうかがわせる。もしかして、「彼ら」が「死にいたる」ことによって、ようやく「幸福」になることができたとすれば、生前、「彼ら」は、それほど不幸だったということになるのだろうか。いずれにせよ、そこに表象されている「人々」が、なんらかの出来事によって、すでに「死にいたら」しめられているという事実にかわりはないだろう。「幸福の黒い池」において反復されるのは、死者をあらためて死者たらしめる記憶の、回想の営為である。（一三）「高いポプラ」は、「幸福の黒い池」に「映し」だされ、倒立した像を結ぶことによって、はじめて「この地上の人々」と同一化されることになる。いや、それもいうならば、すでに死者となって、「地下の人々」になっている「人々」と、だろうか。ラテン語で「高い」を意味する形容詞 altus が同時に「深い」を意味していることを考えあわせるなら、「おまえたち、高いポプラよ」という呼びかけは、「おまえたち、深いポプラよ」と聞こえもするだろう。まるで逆説のように。

そもそも「ポプラ（Pappel）」の語源は、ラテン語の populus（「人民」）である。その名は、ローマ市民が木陰で集会を開いたことに由来しているという。「ポプラ」と「地上の人々」とを、それぞれの形姿の類似性によって結びつけるのが、隠喩であるとすれば、事実の隣接性に遡行して結びつけるのは、もとより換喩である。隠喩がつくりだすはずの直接性の仮象は、換喩の間接性によって解体されていく。「ポプラ」という自然の形象のなかに、こうした言語の範疇が作用していくことによって、視覚的、具象的に感受されるはずの植物的な生そのものが、「死にいたら」しめられる。「この地上の人々」にかかわる、読者には知る由もないなんらかの事実を、ひそかになぞるかのように。そのとき、「この地上の」という形容が、ただの空間的な指示にとどまらず、「この世に生きている」、あるいは「この世に生きていた」、という含意をも語っていることに、はじめて読者は思いあたるのである。

そして、「私」は、「この輝きのなかに」、「妹」の姿が佇立しているのを眼のあたりにする。またしても「兄弟」ないし「姉妹」、そして、「光」にまして「輝き」。「妹」もまた、「ポプラ」の、「この地上の人々」の、仲間であり、死者の一人なのだろう。「輝き」を意味する***Glanz***は、語源をたどれば、***glatt***（「なめらかな、光沢のある」）、***Glas***（「ガラス、グラス」）、***Glast***（「輝き」）、***Glatze***（「禿頭」）、***gleißen***（「輝く」）、***glitzern***（「きらめく」）、***Glimmer***（「雲母」）、***glimmen***（「ほのかに光る」）、***Galle***（「胆汁」）、***gelb***（「黄色い」）、***Gold***（「金」）、***Glut***（「灼熱する火」）***glühen***（「灼熱する」）***glotzen***（「じろじろみる」）***glosen***（「（残り火などが）かすかに赤く光る」）と同根で、共有する**g-l**という字母の結合によって、「光り輝く」意味論的な領野を切りひらいていく。「ガラス」のように「ポプラ」の形姿を「映しだして」いる「幸福の黒い池」の水面も、およそ語源を異にしている***Glück***（「幸福」）や**spiegeln**（「映しだす」）のなかに、**g-l**の結合を含んでいる。生の仮象を破壊する言語の範疇は、他方、このようにして死者の「光（**Schein**）」を、「輝き」を、現出させる。またしても「仮象（**Schein**）」としてではあるにせよ。

東欧の植物相に属する／擬人化されて、多くは死者を寓意する樹木(2)

ツェラーンは、その中期に属する詩のなかで、「故郷」という名詞に関連させて、二度、「ハンノキ」についてふれている。たとえば彼は、フランスのブルターニュ地方に滞在していた折に、眼前にしているらしいリンドウ科に属する「セントーリュ－ム」と、さらに「ハンノキ」と「ブナ」と「シダ」にむかって、こう語りかけていた。

おまえたち、身近なものたちとともに、私は遠くへ赴く――
私たちはもろともに、故郷よ、おまえの罠におちるのだ。

あるいはまた、彼は、べつの詩では、「コケモモのように青い故郷のハンノキ」を名ざしてもいる。それは、「遠く」の「故郷」ブコヴィーナへと「赴く」、ひとつの回想の営為だったのだろうか。おそらくはそうだろう。それがはたしてどのような帰郷だったのか、『光の縛』に収められた二つの詩から、あらためて読みとってみることにしよう。

ただ

一人っ子たちばかりが
喉に、かすかな、沼地の
母の匂いをとどめて、
樹木に——クロ
ハンノキに——えらびだされた、
香りもなく。

「ハンノキ」、とくに「クロハンノキ」について。

ハンノキ　カバノキ科ハンノキ属の落葉喬木の総称。北半球の温帯地方に、約三十種を数える。川岸や沼地などの湿潤した土壌に自生する。雌雄同株で、暗紫褐色の単性花を咲かせる。葉は楕円形で、その縁に軽度の、もしくは鋸歯状の切れ込みがある。円形ないし五角形の小堅果をつける。なかでもクロハンノキは、もっとも広く分布した種で、高さは二十五メートルになる。黒褐色の罅割れた樹皮と、十センチメートルにもおよぶ長い葉を特徴とし、小さな黒い球果をつける。古来、その材が鍛冶屋や陶工によって、燃料用の木炭として使われ、また樹皮が赤色染料の材料としてもちいられたこと、伐採すると、切断面の白色が赤色ないし黄褐色に変化することなどから、民俗伝承では、火ないし血に関係づけられたという。

標題のない、短いこの詩のなかでは、子供たちが樹木に姿を変えたという物語、一種の変身譚が語られているようにみえる。しかし、それは仮象でしかない。そうした植物にまつわる民話的な心象を解体し、異化するのは、ほかでもない、改行によって分離されて、あたかも二つの単語であるかのような様相を呈している「クロ／ハンノキ（Schwarz/erlen）」である。かりにこれが二つの単語であるとすれば、その語形から判断するかぎり、Schwarz（「クロ」）が名詞で、erlen（「ハンノキ」）は、名詞でなければ、さしずめ形容詞か動詞だということになるだろう。ドイツ語では、名詞は、普通名詞といえども、かならず大文字で書きはじめられる。また-enは、形容詞や動詞につねにあらわれる語尾である。「クロ」という形容詞由来の規定語が名詞化されて、それとひきかえに、「ハンノキ」という名詞であるはずの基礎語が非名詞化される。名詞（Substantiv）とは、その名のとおり「実体」をあらわす品詞であるとすれば、こうした品詞の変換は、実体あるものと実体なきものとを逆転させる作用をおよぼすことになる。「一人っ子たち」は、「クロハンノキ」に変身したのではなくて、実は「クロ」に、黒い何ものかに、変身したのだ、といわんばかりに。

クロハンノキ

読者がつねに経験するように、樹木という実体あるものが非実体化されるのは、ツェラーンの詩作品においては常套であるとして、他方、黒色という、元来は属性にすぎないものが、遊離し、分離し、独立し、物象化されるとは、いったいどのような事態を意味しているのだろうか。

「クロ」から切り離された「ハンノキ（erlen）」は、動詞もどきの語に変化して、「えらびだされた」を意味する動詞の過去分詞形 *erlesen* を連想させる。「ハンノキ」は、すでにその語形からして、「えらびだされた」者たちの孤独を響かせているといえよう。その **erlen** が、「えらびだされた」を意味するもうひとつの動詞の過去分詞 **erkoren** とたがいに韻を踏みながら、聴覚映像のなかでいりまじることによって、新たに、*(ver) kohlen*（「焼いて炭にする、炭化する」）という動詞が合成されてくる。あるいは、「クロハンノキ」の燃料木炭としての用途が、読者の脳裡をかすめるかもしれない。そのとき、読者は、「一人っ子たち」は、「えらびだされ」、すなわち選別され、「香りもなく」、すなわち臭気もなく、焼却され、「炭化し」て、黒色そのものになったのだと、そう読むことになるだろう。それにしても、それは、いったいだれによる、何のための、どのような選別だったのか。

「母親の匂い」とは、とりあえずは母乳の匂いなのだろう。それは、「母親」にたいする「一人っ子」の精神的固着を思わせる。他方、それを修飾している「沼地の」という形容詞は、「川岸や沼地などの湿潤した土壌に自生する」という、「ハンノキ」の特性にも合致している。しかし、*moorig*（「沼地の」）に含まれる　m-r-g の結合は、*Muttergerichen*（「母親の匂い」）とも共振しながら、容易に英語の *mourning*（「悲しみ、哀悼」）やフランス語の *morgue*（「屍体公置所」）との観念連合を喚起する。またしても死の跳梁。それとも、そこに仮託されているのは、もしかして「明日（*morgen*）」へのかすかな希望だろうか。

冒頭の一行は、**lauter**（「ただ……ばかり」）の一語からなっている。ドイツ語にはめずらしく語尾変化をしないこの形容詞は、べつの形容詞ないし副詞の **laut**（「大声の、声高に」）の比較級のようにもみえる。「より声高に」叫ぶのは、いったいだれだろうか。あるいは、それは、「より声高に」叫ぶようにという要請なのだろうか。しかし、「一人っ子たち」は、発声器官としての「喉」に、「かすかな、沼地の／母の匂いをとどめて」いるにすぎない。leise（「かすかな」）は laut の反意語としては、「小声の」を意味する。「母の匂い」が、「母」から口伝えに教えられた言葉であるとすれば、やはり一語からなる最終行の「香りもなく」は、もはや「小声」ですら語ることのなくなった、「一人っ子たち」のまったき沈黙を暗示することになるだろう。死者として、あらためて語りはじめるか否かはともかく、とりあえずは強いられた沈黙を。

東欧の植物相に属する／擬人化されて、多くは死者を寓意する樹木（3）

つぎの詩にも標題がない。

時の片隅で、静かに、
ヴェールを剝ぎとられたハンノキが
だれにともなく、宣誓する、

野面に、指をひろげた幅の、

撃ち抜かれた肺臓が、
蹲っている、

村落共有地の境界で、
翼の刻限が、みずからの
石の眼から、雪の粒を啄む、

光の帯が私に火を放つ、
王冠の毀傷が炎とゆらめく。

「ハンノキ」、「野面」、「村落共有地の境界」、「(穀物の)粒」といった名詞は、それだけにかぎれば、とりあえずは穏和な田園の風景を表象させるかもしれない。しかし、「ヴェール」を、すなわち樹皮を、「剝ぎとられ」ている「ハンノキ」は、他方で、その「樹皮が赤色染料の材料としてもちいられたこと」、あるいは「伐採すると、切断面の白色が赤色ないし黄褐色に変化すること」から、古来、「血に関係づけられ」ていたという、そうしたコノテーションを帯びることになる。はたして「野面」には、「撃ち抜かれた肺臓」が「蹲っている」。元来、雅語である「野面(Erdrücken)」という名詞にしても、アクセントを第一音節から第二音節へ移動させるだけで、「圧殺する、窒息させる」という同音異義語の動詞に変様していく。そのとき、書かれた文字が、いわば物象として、視覚映像のなかに保存されている一方で、そこに潜在しているはずの音声の機能が、つかのま途切れる、そうした契機を、読者は意識せざるをえないだろう。一瞬にせよ、そのとき途絶するのは、しかし、音声の機能ばかりではない。おそらくは、自然がまとっている生の仮象もまた、ともに断ち切られるのである。あるいは、「村落共有地の境界」では、「翼をもった」鳥のようなものが、「粒を啄」んでいる。この風景もまた、「粒」が穀物の「粒」そのものではなくて、「雪」の形状をしめす隠喩にほかならないことが露呈されるとともに、色褪せていく。そうして、「粒」という基礎語を修飾するはずの「雪」という規定語が、にわかに、それもひたすら無機的に、自己を主張しはじめる。名詞として、すなわち実体として。

自然を壊死せしめていく過程がその極限に達するのは、「時の片隅（Zeitwinkel）」と「翼の刻限（Flügelstunde）」という二つの複合名詞においてである。「ハンノキ」が「川岸や沼地などの湿潤した土壌に自生する」ことからして、「時」は川の流れに、「翼の刻限」はもちろん鳥に、喩えられているのだろう。しかし、そこに作用しているのは、たとえば「川」や「鳥」といった具象名詞が、「時」や「刻限」といった抽象名詞に彩りを添え、生気を与えるという、通常、考えられるような隠喩表現ではなくて、逆に、形象に呪縛されていた抽象名詞が、幽鬼のようにたちあらわれたかと思うと、具象名詞に襲いかかり、その生命を奪いとる、といった事態である。「啄む」のが鳥ではないように、「宣誓する」のも、「蹲っている」のも、いずれも人間ではない。それをあえて擬人法と呼ぶとしても、それは、やはりそれらの形象から具象性を剝奪する機能しかもちあわせていない。形象は、いずれも「ヴェールを剝ぎとられ」、「撃ち抜かれ」てしまっている。まるで時間が停止したかのように、場所を規定する前置詞句によって、その都度、提示される空間的世界に、まぎれもない罅裂を走らせているのは、「時」や「刻限」といった抽象名詞によって標示される、元来、不可視であるところの時間の範疇である。

「ハンノキ」は、「時」のただなかにではなく、「片隅」に立っている。それは、流れゆく「時」を、歴史を、凝視し、それについて証言しようとする挙措である。しかし、「ハンノキ」は、たとえば法廷においてではなく、「だれにともなく、宣誓する」ほかはない。鳥さながら、「時」の流れのほとりを飛び立って、やがて記憶として戻ってくる「刻限」は、「石」のように盲いたおのが「眼」から、「雪の粒」を、すなわち「眼」を塞いでいる沈黙を、「啄」みながら、なんらかの仕方で語ろうとするかのようである。

ヨーロッパ全域に広がっている「ハンノキ」は、しかし、ツェラーンにとって、「故郷」の木のひとつだった。「火ないし血に関係づけられた」樹木であればこそ、そうだったのだろうか。その「故郷」、かつてハプスブルク帝国直轄領だったブコヴィーナは、一九一九年以来、ルーマニアに属していたが、一九四〇年にソヴィエト連邦に併合され、さらに一九四一年七月に、ドイツ・ルーマニア枢軸軍によって再占領されるという経過を辿った。その際に、チェルノヴィッツの「大寺院」と呼ばれるユダヤ教会堂が焼き打ちされて、八月末には、三千人以上のユダヤ人が殺されたという[一四]。そののち、ウクライナへのユダヤ人の強制移送がおこなわれたが、そのなかにはツェラーンの両親も含まれていた。

ところで、このチェルノヴィッツの出来事をまるで予見していたかのような、一枚の油彩画がある。

「白い磔刑」と題された、マルク・シャガールのこの作品は、[一五] すでに一九三八年に、あの「水晶の夜」の年に、生まれていた。ツェラーンには、シャガールの故郷ヴィテブスクにふれた詩はあるものの、彼がこの作品そのものを知っていたであろうと想定しうる根拠はない。画面の左手の丘のうえには、赤軍とおぼしき、赤旗をもった数人の兵士が押し寄せている。他方、右手にあるユダヤ教会堂は、放火され、ナチスの親衛隊員らしい男が狼藉を働いている。中央に立っているキリスト磔刑像は、ユダヤ人の苦難を表現しているのだろうか。キリストがつけている腰布は、その模様からして、「タリート」と呼ばれる、ユダヤ教の祈禱にもちいられる肩衣の一部である。そのうえ、キリストの足下には、おなじくユダヤ教の儀式に欠かせない「メノーラ」、七本の腕をそなえた燭台がおかれている。下方の老人が大事そうにかかえている、あるいは右下隅の地面に投げだされて炎をあげている巻物は、「トーラ」、旧約聖書のモーセ五書を記したユダヤ教の聖典である。それは、チェルノヴィッツの「大寺院」が放火された際に、六十三巻の「トーラ」が灰になったという事実と関係づけることができるかもしれない。しかし、これだけのことなら、ただの資料の集積にすぎないだろう。

マルク・シャガール「白い磔刑」

この絵の主題は何だろうか。上方から射していて、十字架にかけられたキリストを包容している白い光の帯は、構図からして、「トーラ」の白い炎に通じている。他方、教会堂の玄関に紋章としてかかげられたダヴィデ王の王冠を舐めている赤い炎は、ソヴィエト軍の兵士たちの赤旗や、彼らによって放火されたとおぼしき家々の赤い炎に対応している。救済の白い炎と受難の赤い炎。しかし、その赤にしても、結局は「メノーラ」の白い光輪につつみこまれて、やはり白い光輪を帯びているキリストの頭の、包帯のなかに隠されているはずの、荊冠による傷に収斂していくのである。この絵のなかに、「光の帯」と「王冠の毀傷」がともに含まれているのは、けっして偶然ではない。

「王」のモティーフは、ツェラーンの詩作品においては、つねにユダヤ的なるものの隠喩になっている。「撃ち抜かれた肺臓」は、はたして草稿では、「撃ち抜かれた王の肺臓」と書かれていた。シャガールの絵においても、ユダヤ教会堂のダヴィデ王の「王冠の毀傷」は、キリストの頭上にヘブライ文字で書かれているように、「ユダヤ人の王」の荊冠による傷に照合される。「光の帯」が「私」にむかって「放つ」という「火」もまた、「王冠の毀傷」が「ゆらめく」、その「炎」に結びついている。そのとき、「私」は、受難のユダヤ人としてのキリストに同一化されていることになるだろう。

ツェラーンの詩を、こうした詩を、読むとは、読者にとって、いったいどのような経験を意味するのだろうか。たとえば、この詩では、最初の三連が、すでにふれたように、いずれも場所を指示する前置詞句を文頭におく、いわゆる倒置構文をとっていて、しかもその三つの連に登場する単数名詞、「時の片隅」、「ハンノキ」、「野面」、「肺臓」、「村落共有地の境界」、「刻限」、「石の眼」、「雪の粒」には、すべて定冠詞が付されている。そこでは、空間に配置された事物をひとつひとつ確認し、同定する作業がおこなわれているといえよう。定冠詞は、いうまでもなく既知の事象を指示する。作者のみならず、読者にとっても既知であることを自明の前提として。しかし、読者は、ここで語られている事象について、およそ知る由もない。まして、最後の連で、もはや場所の指示もなく、定冠詞もなしに出現する複数名詞、「光の帯」、「王冠の毀傷」は、ただ謎めいてみえるばかりである。そのとき、読者が感じるであろう孤独は、実はこの詩のみならず、「対話的」であろうとしているはずのツェラーンの詩作品すべてに、構造的に内在しているところの孤独に照応している。読者もまた、テクストの「私」と同様に、「村落共有地の境界」に、すなわち言葉を共有し、意思疎通しあう領域の限界に、立たされているのである。詩人の伝記やシャガールの画集を繙くことによって、読者が自分なりの理解に達したとしても、それぞれの孤独は消えることがない。そこで読者が強いられるのは、おそらくそうした関係を広義のテクストとして、あらためて読みとることでしかないだろう。読者みずからもそのなかに身をおいている、そうしたテクストとして。そして、それもまた、ひとつの批評の営みであるにちがいない。

同定・否定・変容

暦によって分節される時間の範疇を標示する花

『罌粟と記憶』から、ツェラーンには希有ともいいうるような、平明な詩をとりあげてみよう。

水晶

さがさないでください、私の唇にあなたの口を、
戸口のまえにあのよそ者を、
両の眼に涙を。

七つの夜だけ濃く、赤は赤に移りゆき、
七つの心だけ深く、手は戸口をたたき、
七つの薔薇だけ晩く、泉はざわめいているのです。

「私」が女であると断定するにたる、十分な根拠はない。「私の唇」という二語が、それを予感させるばかりである。すくなくともそのように訳すことによって、この詩は、さながら恋愛詩のよそおいを帯びてくる。

「私の唇」と「あなたの口」、「戸口」と「あのよそ者」、「両の眼」と「涙」。ヤーコブソンに倣っていえば、ここには、隣接性の原理が措定されている。すなわちそれらの形象は、換喩的な関係として前提されているのである。(二)恋人たちのくちづけの痕跡、「戸口のまえ」の「よそ者」の来訪においては、そこに成立していたはずの、あるいは成立するであろう関係が、いずれも他者との出会いに存するとすれば、「両の眼」からあふれでる「涙」が指示するのは、その詩行の短さ、寡黙さからして、より根源的な何かだろうか。しかし、その機能からして現実をなぞるしかない、こうした隣接性の原理は、匿名の「私」によって否定されていく。平面的な換喩的結合を断ち切ることによって生成してくるのは、「水晶」という標題が示唆する、プリズムのように重層的な隠喩の空間である。曰く、「濃く」、「深く」、「晩く」、と。

「七つの夜だけ濃く(**höher**)」と訳した詩行は、たとえば「深紅の(**hochrot**)」という形容詞がしめしているように、ここでは色彩の濃度を意味しているが、そのまま読むかぎりは、普通は「七つの夜だけ高く」である。それは、同時に「七つの心だけ深く」と対比されて、「高さ」と「深さ」をそなえた三次元的空間をつくりだしていく。そして、最後の詩行は、ひそやかな四次元への広がりを暗示している。なぜなら、「七つの薔薇だけ晩く（sieben Rosen später）」という形容は、たとえば「七年後（sieben Jahre später）」といった語法をかたどっているからである。そのとき、「薔薇」は、年月を意味する隠喩になる。それは、「涙」が「泉」の「ざわめき」に移りかわっていく、そうした年月でもあるだろう。ある解釈者のように、詩人の両親がウクライナの強制収容所で殺された一九四二年から、この詩が書かれた一九四九年にいたる、その七年間と読むこともできるかもしれない。[二] もしそうだとすれば、その隠喩として、どうして「薔薇」がえらばれたのだろうか。

暦によって分節される時間の範疇を標示しながら、自己破壊へと駆りたてられていく花

『無神の薔薇』のなかに、「水晶」からの引用を含んでいる作品がある。「……泉はざわめいている」という標題が、すでにそのことを物語っているが、そこに提示されているのは、はたしてツェラーンの詩語が元来、有している自己言及的、反省的構造である。ここでは、その第二連と第三連を引いてみることにしよう。

おまえたち、私と一緒にびっこを

ひく、私の言葉たち、おまえたち、
私の直截な言葉たち。

そして、おまえ、
おまえ、おまえ、おまえ、
日々、真実に、いよいよ真実に
皮を剝がれていく、私の薔薇の
晩さ——

『無神の薔薇』という詩集そのものが、さまざまに「びっこをひく」言葉や、「直截な」言葉にみちた、いわば詩語の自虐的、自己破壊的様相をしめしていて、さきの詩の端正な形式とは、およそ趣を異にしている。『罌粟と記憶』の詩行によって構築された美しい隠喩の空間は、もはやここでは否認されているといってもいいだろう。それを「私」は、「薔薇の／晩さ」が「真実に、いよいよ真実に／皮を剝がれていく」過程と形容する。「水晶」の空間を破壊していくのは、ほかでもない、いよいよ露呈されてくる「真実」である。おそらく「薔薇」の形姿が端正であるからこそ、逆に喚起しかねない狂気としての。

「山中での対話」をくりひろげる二人の「ユダヤ人」の一人は、「マルタゴン」や「ラプンツェル」にむかって、こんなふうに語りかけていた。

そして、おまえたち、かわいそうな者たち、おまえたちは立っていない、咲いていない、おまえたちは実在していない、そして、七月は七月ではない。

ある年の「七月は」、もとよりべつの年の「七月ではない」。いかに類似していようとも、そこでは、もはや自同律は機能していない。「七月」は、そもそも固有名詞ではないのだから。それは、暦という時間、歴史にかかわる制度のなかで、反復可能性を保証されているかぎりは、畢竟、ただの普通名詞にすぎない。その意味では、「七月」は、その年の「七月」ですらない。土地とそれに根ざした植物を、その「実在」を、同定することのむつかしさは、ここでは、植物の開花の時期によってそれと認知される季節、時間を同定することのむつかしさへと、いつしか転位していく。そのようにして土地から、土地の名前からまたしても乖離しながら、時間に偏執せざるをえなかったのは、やはり「ユダヤ人」の歴史意識のしからしむるところなのだろうか。

しばしば植物は、常ならぬもの、無常のアレゴリーとしてもちいられる。一年生であれ、多年生であれ、とりわけ草本は、年という時間の単位に強く規定されている。年々歳々花相似、歳々年々人不同。かくして「相似て」いる「花」は、「年々歳々」の、すなわち、たえず同一のものとして反復され、回帰し、循環していると見做されている暦の時間の、あるひそやかな隠喩となる。しかし、「花」は「相似て」いても、かの「ユダヤ人」が語っていたように、けっして同一ではない。暦の時間の範疇が、やはり同一ではないように。そして、おのずからそれは、「歳々年々、人同じ」からぬ、歴史の隠喩に移りかわっていく。それと反比例して、同一化への焦慮をいやましにしながら。ドイツ神秘主義の系譜にたつ、バロック期の詩人ヨハネス・シェフラーことアンゲルス・ジレージウスは、「薔薇」の静謐に思いをひそめながら、まだこんな詩行を書くことができた。

薔薇は何ゆえとてなく、咲くがゆえに咲く。(三)

しかし、それに応答するかのような、二〇世紀アメリカのユダヤ系の女流詩人ガートルード・スタインの詩行は、すでに狂気の相貌をあらわにしている。「薔薇は薔薇は薔薇は薔薇(A rose is a rose is a rose is a rose)」と。(四) おなじくトートロジーをもちいながら、しかし、それによって逆説的に表出されているのは、まさに「薔薇」の非同一性である。

ツェラーンもまた、この狂気を継承している。つぎに引用するのは、『無神の薔薇』に収められた、かなり長い詩の一部である。

いつ、
いつ咲くのか、いつ、
いつ咲くのか、それは、くのかそれは咲、
くそ咲、そうだ、それは、九月の
薔薇は。

くそ——殺ス……そうだ、いつのことだ。

いつ、いついつ、

奔逸いつ、ほんとに奔逸、——

詩の最後にフランス語で引用されるヴェルレーヌの詩の一行「オオ、イツ咲カン、九月ノ薔薇ハ」(五)に依拠しながら、「いつ咲くのか、それは(wann blühen die)」という問いかけは、いったんは「くそ咲(huhedibluh)」という、およそ無意味な語彙に変化することによって、あらためて「血(Blut)」の含意をひきだしてくる。「殺ス(on tue)」というフランス語の詩行とも、結びつきながら。このようにして、季節の時間は、何らかの歴史的、政治的な出来事を標示する時間になる。そして、本来なら薔薇の開花の時を尋ねているはずの疑問詞「いつ(wann)」は、「奔逸、狂躁(Wahn)」へと逸脱していく。

毀傷される身体として表象されながら、またしても無へ、空虚へと引照される花

つぎの詩は、『無神の薔薇』という詩集の標題がそこから採られているという意味でも、無視でき

ないものではあるだろう。

讃歌

だれも私たちを、ふたたび土と粘土からこねあげることはない、
だれも私たちの塵に、息を吹きかけてくれはしない。
だれも。

讃えられてあれ、だれでもない者よ。
あなたのために、私たちは
花咲こうとする。
あなたの
ために。

ひとつの無
だった、私たちは、いまも、そして未来永劫、
そうありつづけるだろう、花咲きながら。
無の、

無神の薔薇として。

その
花柱は魂の明るみに、
花糸は天の空漠のなか、
花冠は赤い、
私たちが歌った深紅の言葉によって、
茨の、おお、茨の
うえで。

薔薇の花の形象は、またしても否定表現に結びついていく。このツェラーンの詩に先行しているのは、有名なリルケの墓碑銘である（六）。

薔薇よ、おお、純粋な矛盾よ、歓びよ、
だれの眠りでもないという、かくも多くの
瞼のしたで（七）。

この詩においては、一行目の「薔薇」と三行目の「瞼」がもともと名詞で、ドイツ語ではいずれにせよ、名詞の頭文字が大文字書きされるにしても、二行目の冒頭におかれた「だれの……でもない(niemandes)」という不定代名詞までもが、大文字で書きだされている。これは、品詞の如何を問わず、すべての詩行を大文字で開始するという、詩学の古典的な書法にのっとっているものと見做すこともできる。他方で、それは、墓碑銘という簡勁な形式を利用した擬装とも考えられないことはない。リルケは、平生は、そうした書法を採用してはいなかったのだから。(八) いずれにせよ、語頭を大文字にすることによって、「だれの……でもない」という不定代名詞は、「だれでもない者の(Niemandes)」という名詞へと、人知れず変容する自由を獲得したことになる。

リルケにあっては、あるいは詩人の意図にかかわりなく生じたとも思える、こうした品詞の不確定性は、しかし、ツェラーンのテクスチュアによって、白日のもとにさらされることになる。「讃歌」の第一連は、各行がそれぞれひとつの文をなしていて、その都度、主語であるNiemandは、文頭にあるがゆえに、当然のように大文字書きされている。そこでは、品詞の不穏な動きは、まだ隠蔽されている。しかし、第二連において、行末に移されながらも、なおも大文字を維持するにおよんで、それがすでに名詞と化してしまっている、あるいは、そもそもの最初から名詞であったのやもしれぬという事態が、遅ればせながら明らかになってくる。それは、いわばリルケの墓碑銘の脱構築である。

小文字の「だれも……ない」が大文字の「だれでもない者」に変身する、『山中の対話』にもあらわれるこの言葉遊びは、もともとオデュッセウス神話に由来しているが、そこでは、「だれでもない者」を意味するギリシア語の「ウーティス」は、オデュッセウスが名乗る偽名である。(九) つまり不定代名詞から生成するのは、ただの普通名詞ではなくて、固有名詞である。いいかえれば、それは、「だれも……ない」という、およそこれ以上ありえないまでに抽象的な非人格が、その無名性を保持したまま実体化され、名前そのものとして擬人化される、ひとつのアレゴリーなのである。リルケはともかく、ツェラーンにおいては、そうした「だれでもない者」、「無神」とは、すなわち死にほかならない。

そして、「だれも私たちを、ふたたび土と粘土からこねあげることはない」、「だれも私たちの塵に、息を吹きかけてくれはしない」、この「私たち」とは、人間一般ではなくて、現にすでに「土と粘土」、「塵」にかえってしまった人たち、つまり死者たちである。(一〇) 反復を事とする記憶のなかで、死が「私たちを、ふたたび土と粘土からこねあげる」、死が「私たちの塵に、息を吹きかけてくれる」とすれば、その「私たち」は、死者たちでなくて、いったい何でありうるだろうか。「私たちの塵」という形容は、すでにそのことを示唆している。なぜなら、「塵」は、かつて「私たち」の身体そのものだったからこそ、依然として所有形容詞が付されているのであろうから。ドイツ語で「ふたたび塵にかえる」を意味する成句は、「ふたたび塵と灰にかえる」とも形容される。「灰」という語がツェラーンの詩作品のなかでもっている位置価に、(一一) ここであらためて言及するまでもないだろう。

「ひとつの無だった、私たちは」。生きているときでも、「私たち」は「無」とひとしなみに扱われていた。そして、「いまも無だ、無で／ありつづけるだろう」、なぜなら、「私たち」はすでに死んでいるのだから。そして、未来永劫、「無」のままでありつづけることだろう、だれも生きかえらせてくれないかぎりは。しかし、「だれでもない者」すなわち「無神」と、他方で「無」とのあいだには、あからさまな位階の差異がある。「無神」は、いかにその実在を否定されようとも、否定的な位格として、ペルソナとして、名前たりうるのに比して、「無」は、いくら大文字で書いたところで、けっして名前になりようがない。「だれでもない者」は、名詞化されても、固有名詞さながら、無冠詞のままだが、「無」には、普通名詞にふさわしく、はやばやと不定冠詞が賦与される。それは、「私たち」が名前を奪われて、番号によってのみ識別される存在に、そして、ついには毛髪や皮膚や金歯の集積に、貶められていたという事実に、あらためて注意を喚起するかのようである。そうだとすれば、この死者である「私たち」を、たとえば強制収容所で殺されたユダヤ人として特定することができるだろう。しかし、その「私たち」が、みずからを「無」の「薔薇」と呼ぶばかりではなく、「無神の薔薇」とも称するときには、そこにはある志向が表現されているように思われる。物に貶められた「私たち」を、死のヒエラルヒーにおいて、逆説的にひとつの位格たらしめようとする志向が。

最後に、「花柱」、「花糸」、「花冠」と、三つの植物学用語が使われている。「花柱」はめしべ、「花糸」はおしべの一部で、「花冠」は、それらをつつみこんでいる花弁の集合を意味する。たとえば成書には、こんなふうに書かれている。

バラ　バラ科バラ亜科バラ属の落葉ないし常緑灌木の総称。ペルシア原産で、温帯、亜熱帯に、約二百種の野生種がみられる。また古来より多くの栽培種がつくりだされた結果、その系統は、複雑をきわめている。高さは一メートルから二メートルにおよび、茎は直立ないし攀援する。茎、葉には棘が多く、葉は有柄で、托葉があり、通常は羽状複葉をなしている。花色は、野生種では白、黄、赤、ピンクなどだが、栽培種になると、その中間色を含めてさまざまである。花は基本型では萼片で、花弁は五枚ずつあり、おしべ、めしべとも数多い。

しかし、この詩では、こうした被子植物の花の構造に、さほど重きがおかれているわけではない。なぜなら、それらの語彙は、いずれも身体の一部をあらわす隠喩へと横すべりしていくからである。たとえば、Griffel（「花柱」）は、俗語で「指」をも意味する。それは、おなじく俗語で、Krone（「王冠、花冠」）が「頭」の意味になるのと同様である。「花糸」に含まれる-faden（「糸」）の原義も、「広げた両腕」であって、それが転じて計測の単位となり、長さを測るための手段としての「糸」になったものであって、元来は、やはり身体の一部を意味していたのである。「王冠」と「茨」の結合が、キリストの荊冠を連想させる[一二]ように、これらの「指」、「広げた両腕」、朱に染まった「頭」も、その磔刑像を思わせる。「深紅の言葉」は、草稿の段階では、「王の言葉」とも書かれていた。ツェラーンにおいて、「王」が「ユダヤ人の王」たるキリストを暗示していることは、すでに述べたとおりである。しかし、このキリストは、もはや神の子ではない。その毀傷された身体にまつわる幻想は、いまはすでに「塵」と化してしまっている存在の、集合としての「私たち」の、その記憶のよすがでしかない。そして、読者は、「深紅の言葉」を修飾する関係文「私たちが歌った[一三]」が過去時称であったことに、いまさらながら気がつくことになるだろう。ひとつの歴史の回想として。「私」にとどまらない、「私たち」の。

南欧の原産／大西洋岸の植物相に属する／毀傷される身体として表象されながら、またしても無へ、空虚へと引照される花

身体の毀傷のモティーフがキリストの磔刑像にいきついてしまうのは、ヨーロッパ的な想像力の、ある意味では必然の成行きであるということができるだろう。ただツェラーンの詩にあっては、つねにそこにユダヤ的なバイアスがかかっていることは否みがたいが。『言葉の格子』に収められたフランス語の標題をもつ詩も、その例外ではない。

マチエール・ド・ブルターニュ

エニシダの光、黄いろに、斜面は
天空にむかって膿む、茨は
傷をもとめる、そのなかで
鐘が鳴る、夕刻、無が
おのが海を晩禱へと波うたせる、
あの血の帆がおまえにむかってくる。

干上がって、湿原と化した

おまえの背後の河床、葦におおわれている
その刻限、上空には、
星のかたえに、乳色の
水流が泥のなかでさざめきあう、イシマテガイが、
下方で、繁みにつつまれて、蒼穹にむけて口をひらく、ひともとの
無常が、美しく、
おまえの記憶に挨拶をおくる。

（おまえたちは私を知っていたのか、
両の手よ。私は歩いた、
おまえたちのさししめす分れ道を、私の口は
砂礫を吐きだした、私は歩いた、私の時間が、
移動する雪庇が、影を投げていた――おまえたちは私を知っていたのか。）

両の手、茨に
もとめられる傷、鐘が鳴る、
両の手、無、その海、
両の手、エニシダの光の裡に、あの

血の帆が
おまえにむかってくる。

おまえは
おまえは教える
おまえは教えるおまえの両の手に
おまえは教えるおまえの両の手におまえは教える
おまえは教えるおまえの両の手に

眠ることを

フランス語の標題は、フランス中世文学研究の用語に由来している。ケルト系のブルトン語で書かれた作品、ないしブルターニュを主題にした作品を、一般に「ブルターニュ文学」と称するが、なかでも古ブルトン語に淵源をもつ、「聖杯」伝説を中心とした「アーサー王」物語や、「トリスタンとイズー」の物語などを、とくに「マチエール・ド・ブルターニュ」と呼ぶという。(一四) キリストの脇腹から流れでる血を受けたという「聖杯」をめぐる「アーサー王」物語は、ツェラーンの詩語が彩りもあざやかな海辺の風景を現出させていくにあたっても、いくばくかは関与しているにちがいない。たとえば、「血の帆」のイメージは、王が戦闘で傷ついて、妖精の島アヴァロンに運ばれる情景を彷彿とさせもするだろう。しかし、ここに紡ぎだされる幻想は、もとよりそれにとどまらない。

ここでもまた、二つのピュシスが重畳している。自然、すなわち黄昏のブルターニュの海岸の風景と、それにくわえて身体、「膿む」、「傷」、「血」、「両の手」、「口」など、多くは毀傷され、崩壊しつつある身体と。しかもこれらの形象は、相互に隠喩として作用することによって、二様のピュシスを合一させようとするかのようにみえる。傷つき、黄色い「膿」を流しているのは、黄色い「エニシダ」の花が一面に咲き乱れている斜面であり、夕陽を浴びている「帆」は、だれのものとも知れぬ、傷ついた身体から流れでる血に赤く染まっている。「血の帆（Blut-segel）」は、「血を吸う蛭（Bluts-egel）」とも読むことができる。そのとき、それは、「傷」をもとめる「茨」ともかさなりあっていく。この身体は、崩壊しつつある、土にかえりつつあるからこそ、自然に近づいているということもできるだろう。「茨」から「茨の冠」を、キリストの荊冠を連想することは、不自然ではない。なぜなら、第三連で呼びかけられる「手」、海岸へでてくる途中で、「分れ道」で「私」に行手をさししめしてくれた「両の手」とは、路傍の十字架のキリストのものにちがいないからである。百科事典によれば、ブルターニュ地方の「ブール」と呼ばれる村には、「カルヴェール」と称するキリスト磔刑像があり、分れ道には、道標として「道祖神のような十字架が立っている」とのことである。(一五)

「マチエール（matière）」は、フランス語で「物質」を意味するが、その形而下的な意味作用によって、逆に物質的なものの精神化、霊化を示唆する。「エニシダ」の花の鮮黄色は、「膿」にたとえられながら、しかし、それが「天空にむか」うことによって、「光」と化していく。植物であるはずの「エニシダ」の隠喩的連関は、動物的、身体的排出物である「膿」から、物理的現象であると同時に神秘的現象ともなりうる「光」にまで、一気に拡大される。それは、身体的と物理的と、いずれも広義のピュシスの領野のなかで現象しているということができる。事実、「マチエール」には、何人かの解釈者が指摘しているように、「膿」という語義も含まれている。(一六)

ちなみに、エニシダにも、種によっては棘がある。薔薇の棘とエニシダの棘。血を連想させる真紅の薔薇の花と、膿を連想させる鮮黄色のエニシダの花。そこには、明らかに相似的な関係が存在している。しかし、キリスト教の象徴表現において重要な意義を与えられた薔薇とは異なって、おなじく棘をもつエニシダは、古代キリスト教の教父たちにあっては罪の象徴となり、成育する荒地は、神の不在の土地と見做されたという。(一七)その花色の黄に、「ユダヤの星」の心象をかさねあわせれば、(一八)キリスト教との差異は、一層、尖鋭になってくる。

エニシダ　マメ科エニシダ属の灌木ないし亜低木の総称。ヨーロッパ南部の原産で、広く地中海地方に分布する。樹高二メートルから三メートルで、有柄の互生葉をなしている。前年枝に腋生し、五月頃に、黄金色の蝶形花をひらく。そのうち、ドイツ語で「イギリスエニシダ」と呼ばれる種は、大西洋岸原産で、古くなった枝が棘におおわれている。ドイツでは、主として北西部の砂地や泥炭地に分布する。また「ドイツエニシダ」と称する種も、葉腋に鋭い棘を有しているが、これは、ドイツ各地の乾燥した林間や荒地に生えるという。

植物だけではなく、動物に関する語彙についても調べてみよう。

イシマテガイ ドイツ語で「石棗椰子」と呼ばれるように、ナツメヤシの実の形状に似た、イガイと近縁の二枚貝。約八センチメートルの長さで、主として地中海やスペインの大西洋岸に棲息する。

しかし、地上的、物質的なものの精神化、霊化とは、その極限において、地上的、物質的なものの無化、形骸化に帰結しないわけにはいかない。「無が／おのが海を晩禱へと波うたせる」という詩行においては、「無」という抽象概念が、およそこれ以上、抽象的なものはありえないであろう抽象名詞が、地上的、物質的なもののただなかに出現している。それどころか、そうした「無」は、擬人化され、主語として、主体としてたちあらわれて、その所有形容詞「おのが」によって、「海」を支配しているのである。しかも、この「海」は複数である。いま眼前にしている海だけではない、不可視のさまざまな海をも宰領しているからこそ、「無」の抽象性のはらむ権力は、いよいよ強大にならざるをえない。およそ擬人化は、伝統的なアレゴリーの重要な技法のひとつだが、この詩のなかでは、抽象概念にとどまらず、それ自体、非人格的なものが人格化される例がいくつかみられる。「茨は／傷をもとめる」、あるいは「ひともとの／無常が、美しく、おまえの記憶に挨拶をおくる」、「おまえたちは私を知っていたのか、／両の手よ」など。それらの概念ないし形象は、元来、非人格的ではあるにせよ、それなりの生の連関のなかに生きているか、あるいはそれなりの言語的な脈絡のなかで、日常的、制度的な意味を保持している。しかし、この擬人法は、そうした生の連関、そうした脈絡を解体することによって、それらをいったん死にいたらしめ、その意味を剝奪したうえで、あらためて亡霊として人格化し、主体化する機能をはたすのである。「ひともとの／無常」と訳したのは、くわしくは「ひともとの灌木（として）の／無常」だが、「無常」という抽象概念を「灌木」という具象概念に擬しているこの隠喩にしても、抽象概念に生気を与えるていのものではない。むしろブルターニュの海岸あたりに普通にみうけられるであろう「灌木」を、「無常」と同格におくことによって、そうした実在を、まさに常ならぬものと化する。そして、その主語が「無常」、すなわち過ぎゆくものであり、挨拶をおくる対象、その目的語が「記憶」であって、それが過ぎゆくなかから幾許かのものをとどめおく営為であるとすれば、そこで形而下的、物質的なものの無化が、時間の作用と結びついていることは明らかである。そのかぎりにおいて、この詩は、自然の形象をもちいて、うつろう時のはかなさを歌う、伝統的な技法にのっとってもいるだろう。

しかし、ここでは、実は時間は流れていない。第二連の「葦におおわれている／その刻限」の、「その」という所有形容詞がさしているのは、「河床」であって、なるほど時間は、やはり川の流れに喩えられてはいる。しかし、その川は干上がっていて、「河床」は「湿原と化し」、川辺も「葦におおわれて」しまっている。「私」がキリストの手に導かれて、この海辺へとでてくる途中では、まだ「時間」が、すくなくとも「私」のものではある「時間」が、「移動する雪庇」として、「影を投げていた」にもかかわらず。それにしても、ブルターニュ半島といえども、エニシダの開花する五月頃に、まだ雪が残っているのだろうか。

第三連は、括弧のなかに封じこめられている。この括弧は、「研ギスマサレタ切先ニ」にも使用されていたように、一人称の代名詞が、「私」が、その埒内でのみ直接に語りでることを保証されている記号である。ひそやかな内面の表白として、私的な時間の持続として。ここで「おまえたち」と名ざされている二人称複数は、道標として「私」を導いてくれたキリストの「両の手」にむけられている。他方、第三連をのぞいた他の連では、二人称単数で「おまえ」と呼びかけられている存在がある。「あの血の帆がおまえにむかってくる」、「無常が、美しく、／おまえの記憶に挨拶をおくる」、などと。とりあえずは、それは、第三連の括弧のなかでのみ、語っている「私」の別称であると考えることができるかもしれない。しかし、最終連で、「おまえの両の手」に言及されていることからすれば、それは、十字架にかけられたキリスト像そのものである。「像」として、キリストは、すでに死んでいる。しかし、そうしたキリストにとって、あるいはキリスト像にとって、まるで生者にとってそうであるように、なおひとつの「記憶」が生きている。「無常」が「挨拶をおくる」という「記憶」。それは、十字架のうえで経験した死の「記憶」をおいて、ほかにはありえないだろう。

いまや「おまえ」は、「両の手」に「眠る」ことを「教える」、という。かくしてキリストの釘打たれた「両の手」は、夕闇につつまれて、万象とともに眠りにつくようにみえる。句読点もない最終連は、あらゆる差異を抹消する夜のなかへ消えていく。「おまえ」と自己を同一化しようとする「私」、ユダヤ人とおぼしき「私」は、しかし、いまおなじように「両の手」に「眠る」ことを「教える」ことができるのだろうか。

つぎにとりあげる二編の詩は、いずれも『罌粟と記憶』に収録されるに先だって、『骨壺からの砂』にも、すでに含まれていた。さらにその初出となると、一九四七年の中頃にブカレストで刊行されたシュルレアリスム系の雑誌に遡るが、ちなみにツェラーンは、その年の末に、ルーマニアを出国して、ウィーンに赴いている。これらの詩行に、東欧の故郷で親しんでいたシュルレアリスムの影響を看取したとしても、あながち見当はずれではないだろう。そこに名ざされている花々が、いずれもヨーロッパ東南部でおなじみの種であることをも含めて。

鉄の靴の軋みが、その桜の木のなかにある。
兜のなかから、夏が泡だっている。黒ずんだ郭公が
金剛石の拍車で、空のあちらこちらの戸口におのが像をえがきだす。

兜もかむらずに、葉叢のなかから騎馬武者が突っ立っている。
携えている楯に、ほのかにおまえの微笑が浮かびあがる、
敵の鋼鉄の汗拭き手巾に釘づけされて。
彼には、夢みる者たちの庭が約束された、
かくして彼は槍をかまえる、そこに薔薇の蔓がからみつくようにと……

しかし、靴も履かずに空中を飛来してくるのは、おまえにもっとも相似た者だ。
痩せ衰えた両の手に、鉄の靴を縛りつけたまま、
彼はいくさと夏を眠って過ごす。桜が彼のかわりに血を流している。

「桜」と訳したのは、日本にみられる観賞用の「サクラ」ではなく、おなじサクラ属でも、果樹の「オウトウ」である。

オウトウ　バラ科サクラ属サクラ亜属の落葉果樹。園芸上は核果類に属し、サクランボともいう。そのうち、セイヨウミザクラ（甘果桜桃）は、近縁のスミノミザクラ（酸果桜桃）にくらべて、葉は薄く、色も明るい。高さ一五メートルから二〇メートルにおよぶ落葉高木で、春にサクラに似た白い花を咲かせ、七月頃に果実が成熟する。小アジアからヨーロッパ東南部にわたる地域に原生する。(一九)

この詩にあらわれる形象は、換喩的な連関に即して、二つの系列に区分することができる。そのひとつは、「桜の木」、「夏」、「郭公」、「空」、「葉叢」、「庭」、「薔薇」、「夏」、「桜」と、いずれも自然の系列を形づくっている。そして、いまひとつは、「鉄の靴」、「兜」、「金剛石の拍車」、「騎馬武者」、「楯」、「敵の鋼鉄の汗拭き手巾」、「槍」、「鉄の靴」、「いくさ」、「血を流している」と、戦争に、それも近代戦争ではない、いくらか古風な「いくさ」に、ひいては歴史に、まつわる幻想をくりひろげて

いく。前者は、その性格からして、植物的（「桜の木」、「葉叢」、「薔薇」）ないし動物的（「郭公」）であり、後者は鉱物的（「鉄の」、「金剛石の」、「鋼鉄の」、「釘づけされて」）である。この二つの系列は、とりあえずは、いずれが優位にあるわけでもない、あやうい均衡をたもちつつ、ちょうど「騎馬武者」のかまえる「槍」に「薔薇の蔓がからみつく」ように、相互にひとつのテクスチュアとしてのテクストを織りあげている。しかし、それは、テクストの表層における出来事でしかない。

最初の行と最後の行で、この二つの系列は、二度、象徴的に合一するかにみえる。「鉄の靴の軋みが、その桜の木のなかにある（Ein *Knirschen* von eisernen Schuhn ist im Kirschbaum）」というこの文は、「軋み（***Knirschen***）」に含まれる音素 ***k/n/i/r/sch/e/n*** が、すべて他の語彙の内部に播種されることによって成立している。それは、視覚的なアナグラムであるというばかりではなく、そうした行内韻によって、まさにこの詩行の全体が「軋んで」いる、と形容するにふさわしい。それは、シニフィエのレベルにおいて、戦争としての歴史が植物としての自然をおおいつくす局面である。しかし、

オウトウ（セイヨウミザクラ）

他方では、擬声音に由来するからには、シニフィアンとシニフィエとの結合がかならずしも恣意的ではない、そうした語彙が優位をしめることによって、言語記号の恣意性としての歴史は、噪音を知覚する身体としての自然にとってかわられている。かくして、戦争としての歴史が、いわば第二の自然として現前することになる。「桜が彼のかわりに血を流している（Die Kirsche blutet für ihn)」という結びの文にしても、花の色と血の色とをかさねあわせる視覚的な隠喩にとどまらない。それは、「血を流している（*blutet*）」から「（総称としての）花、開花、満開（*Blüte*）」へと聴覚映像を連鎖させることによって、またしても戦争にほかならない歴史を、またしても第二の自然へと変容させようとする。

　このパフォーマンスを遂行しているのは、詩人のエクリチュールではなくて、架空の朗読者によるパロールである。しかし、読者は、ユーモアないしイロニーさえ、感じさせるこうした仕掛を、あらためて逆説的なテクスチュアとして読みとらなければならないだろう。たとえそれがパロールであれ、この詩の最初と最後で、そうして自然を現前させている主体は、まさに歴史の範疇に属するところの言語にほかならないのだから。

　ここには、いくつかの人格的ないし擬人的な形姿が登場する。しかし、それらの視覚的な形象は、「桜の木」において達成される、音韻による同一性とは対照的に、つねに二次的であり、派生的であり、反映的であり、模像的であることによって、二項対立の構造を再生産していく。（一〇）「黒ずんだ郭公」が「えがきだす」のは、「おのが像」である。「騎馬武者」が「携えている楯」に、「敵の鋼鉄の汗拭き手巾」に、「ほのかに」浮かびあがるのは、微笑する「おまえ」の映像であって、「おまえ」その人ではない。「靴も履かずに空中を飛来してくる」のは、「おまえにもっとも相似た者」であって、やはり「おまえ」その人ではない。その「彼」の「かわり」に、今度は「桜」が「血を流している」、等々。ヴェロニカの帛を思わせる「汗拭き手巾」（一一）の語にくわえて、「かわり」に「血を流している」という措辞が、またしてもキリストを想起させることは否めないだろう。しかし、その肖像は、幾重にもコピーされ、転写されている。もともと「微笑」が「汗拭き手巾」に残されていることからして、「おまえ」は、キリストとおぼしき存在にちがいないが、その相似の模像でしかない「彼」の「かわり」に、さらに「桜」が、またしてもキリストさながら「血を流している」のである。代理を反復させていくこの運動は、本来的なるものの不在を隠蔽しながら、起源もさだかでない罪責を繰り延べ、転嫁させていく。非本来的な生を営む者たちとして謗られるユダヤ人に、「ユダヤ人の王」に。

東欧の植物相に属する／隠喩として、というよりも濫喩として、消費される植物形象

つぎの詩も、おなじ雑誌に発表されたものである。

マリアンネ

ライラックの花もないおまえの髪、おまえの顔は鏡でできている。
眼から眼へと雲が流れる、ソドムがバベルへと移動するように。
まるで葉叢のように、雲は塔を毟りとり、硫黄の灌木をとりまいて荒れ狂う。

それから、おまえの口許で稲妻が閃く――ヴァイオリンの残骸がちらばる、あの峡谷のあたりで。

雪の歯で、弓をあやつる者がいる。おお、葦ならもっと美しい音色をたてるだろうに！


恋びとよ、おまえもまた葦なのだ、そして、僕らはみんな雨と降りそそぐ。

さながら比類のない葡萄酒だ、おまえの体は、そして、僕らは十人一組になって飲み明かす。

さながら穀物のなかの小舟だ、おまえの心は、僕らは夜をさして漕ぐだる。

ちいさな壺ひとつぶんの蒼さとなって、おまえはかろやかに僕らのうえを飛びこえる、そうして、
　僕らは眠っている……


天幕のまえを百人隊が行進する、そして、僕らは酒盛りしながら、おまえの野辺送りをする。

いま世界のタイルのうえで、かずかずの夢の硬いターラー銀貨が音をたてる。


ここで使われている語彙を、ふたたび換喩的系列にそって区分してみよう。まず身体にかかわる語彙として、「髪」、「顔」、「口」、「歯」、「体」、「心（ないし心臓）」があげられる。「恋びと」が女性形であることからして、女性の身体を記述しようとしているにちがいない、これらの一群の語彙は、テクストのなかで、もっとも強い結合を形づくっているように思われる。そうした心証を与えてくれるのは、標題にもちいられている「マリアンネ」という女性名である。およそ固有名は、その持主の身体、なかんずく顔に、つねに換喩的に結びついていく。おそらく読者は、さまざまな形象がとりとめもなく散乱しているようにみえるこの詩のなかに、とりあえず換喩的な、したがって現実連関によっ

て裏書されているはずの、こうした語彙の系列を確認したうえで、それ以外の語彙によって喚起される形象は、「マリアンネ」の換喩的系列に依存しながら、その都度、代替することもできる隠喩にすぎないと考えて、一応の了解に達することになるだろう。

しかし、置換可能な隠喩と思われた、そうした形象が、いっぽうでまた異なった換喩的系列をつくりあげている。現実連関による保証の信用度を競いあおうとするかのように。たとえば「ライラックの花」、「葉叢」、「毟りとる」、「(硫黄の)灌木」、「葦」、「葡萄酒」、「穀物」といった、植物にかかわる語彙がある。そして、それにまた拮抗するように、鉱物にかかわる語彙として、「鏡」、「硫黄(の灌木)」、「タイル」、「ターラー銀貨」があらわれる。植物にかかわる語彙は、第一連にかぎっては、その現実性を否定する方向に使われている。「ライラックの花」は存在しないのであり、「葉叢」には「のように」が付されていて、直喩であることが明示されており、したがって「毟りとる」も比喩にすぎず、植物と鉱物を結合させた「硫黄の灌木」にしても、「硫黄のような色をした灌木」というよりは、「灌木のような形状をした硫黄の塊」であって、植物的な有機性の否定として、鉱物的な無機性が対置されているのである。第二連以降は、鉱物的な無機性がいったん後退するとともに、「葦」、「葡萄酒」、「穀物」といった植物的な有機性を標示する語が、もはや否定的な様相においてではなく、使われるようになる。しかし、それは、最終連で、「タイル」、「ターラー銀貨」といった鉱物的な無機性を標示する語彙が復活するとともに、ふたたび姿を消してしまう。

この詩は、無機性 ― 有機性 ― 無機性という展開をたどっているということができよう。最初の鉱物的な無機性から植物的な有機性への展開の契機となるのは、天候、自然現象にかかわる「雲」、

「稲妻」、「雪」、「雨」であり、さらに植物的な有機性から鉱物的な無機性への展開を導くのは、やはり天候、自然現象に親しい水、液体にかかわる「雨」、「葡萄酒」、「飲み明かす」、「小舟」、「漕ぐくだる」、「ちいさな壺」、「酒盛りをする」である。このように凝固から流動へと移行するカテゴリーは、破壊ないし解放であり、流動からふたたび凝固へと移行するカテゴリーは、消費である。

そこに機能しているのが聖書的なヴィジョンであることは、一見して明らかだろう。主として旧約聖書にあらわれる語彙を拾いあげていくと、「雲」、「ソドム」、「バベル」、「塔」、「硫黄」、「稲妻」、「葦」、「雨」、「葡萄酒」、「穀物」、「天幕」とある。（二二）なかんずく「葡萄酒」と「穀物」は、「パンと葡萄酒」として、ついには性の差異をこえて、新約の化体の秘蹟を実現する契機ともなりうる。すなわち、「マリアンネ」という固有名から女性の肖像へと展開されていく換喩的系列に、その都度、隠喩として呼びだされてくるようにみえる、これらの夥しい形象は、聖書といういまひとつの換喩的系列に帰属しているのである。

「創世記」の第一九章二四節から二六節を読んでみると、こう書かれている。

> エホバ硫黄と火をエホバの所より即ち天よりソドムとゴモラに雨《ふら》しめ　其邑《そのまち》と低地《くぼち》との居民《ひと》および地に生《おふ》るところの物をことごとくほろぼしたまへり……アブラハム……ソドム、ゴモラおよび低地の全面《おもて》を望み見るに其地の烟焰《けむり》窖《かまど》の烟《けむり》のごとくに騰上《たちのぼ》れり（二三）

ここでエホバによって破壊されたもののなかに、ソドムとゴモラの街とその住民ばかりではなくて、

「地に生るところの物をことごとく」、つまりあらゆる植物が含まれていることに留意しておこう。鉱物であるところの「硫黄」は、人間たちと同様、大地から生いたつ生き物であるすべての植物を破壊する。その破壊が、ふたたび植物的な幻想の契機になっていくことは、さきに述べたとおりだが。

ライラック　モクセイ科ハシドイ属の落葉低木。ヨーロッパ東南部、バルカン半島の原産で、コーカサス、アフガニスタンにまで分布する。和名はムラサキハシドイという。幹は直立性で、樹高は六メートルにおよぶ。卵形の対生葉で、四月から五月にかけて、腋生の円錐花序に、四方に裂けた、香りのいい筒状花をつける。自生種の花は、淡紫色ないし暗青色だが、園芸種には、白色、淡紅色をはじめ、さまざまな花色があり、切花として珍重される。

ライラック

しかし、いずれにしても、聖書もそれ自体、ひとつのテクストにほかならない。そして、ここでくりひろげられている幻想が、そうした先行テクストに遡行しようとするかぎりにおいて、それは、ただ宗教的な幻想というにとどまらない、第一連にバベルの塔への言及があるように、メタ言語的な幻想でもある。その構造が文字どおり「夢」のように、あくまで無意識の深層にとどまっているにせよ。バベルの塔にたいする神の怒りが地上に言語の混乱をもたらし、言語のなかに歴史的な相対性、恣意性をもちこんだからには、そのような破壊によって解き放たれた幻想の、その夥しい形象が、所詮は実体のない仮象にとどまらざるをえないのも、当然ではあるだろう。隠喩とおぼしき形象が「マリアンネ」の肖像を同定することができないからこそ、それがみずからの恣意性に苦しんでいるからこそ、ますます隠喩が消費され、おびただしく浪費されることになる。修辞学のタームを使えば、「濫喩（Katachrese）」として。しかも、ここでは隠喩が消費されるばかりではない、消費の隠喩がもちいられてもいる。「マリアンネ」の身体は、「比類のない葡萄酒」であり、「僕らは十人一組になって飲み明かす」。そして、「僕らは酒盛りしながら、おまえの野辺送りをする」、つまり、さまざまな隠喩を駆使して、消費し、浪費して、「マリアンネ」という実体を葬り、その実在性を無化するのである。

この自由とも不毛とも形容しうる恣意性を寓意するものとして、結びの「かずかずの夢の硬いターラー銀貨」がある。貨幣と「夢」の同一化は、マラルメのエッセー『詩の危機』（一八九六）においてもみられる。さまざまな言語を超えた「至高の言語」を構想することによって、バベルの塔以前に遡ろうとするかにみえるこの詩論のなかで、マラルメは、「言葉」とは、大衆のあいだでは容易に流通する貨幣でありながら、詩人においてはそれは夢であり、歌である、と述べているが[二四]、この隠喩は、詩人にとってかけがえのない「夢」が、「言葉」であるかぎり、貨幣のように交換可能な物象に転化しかねない危険について語ってもいることになるだろう。その意味では、ツェラーンのこの詩は、ただ隠喩的というにとどまらない、「夢」とその覚醒というモティーフを通じて、隠喩の生成とその死滅を叙しつつも、その恣意性に歴史的な地平をひらいてみせている、あえて隠喩論的なテクストであるということができる。

およそ貨幣の隠喩につきものの、あるいかがわしさの刻印は、使用価値をもたぬ交換価値そのものという、その性格に歴然とあらわれた歴史性、すなわち恣意性に由来している。それは、元来がそれ自身、交換対象と等価であった商品が、たとえば貝殻、金、銀、宝石などが、やがて法的に強制通用力を認知される信用貨幣に変質したことの結果である。つまり、使用価値をもった、したがってまだいくばくかの自然を保持していた物象が、次第にその自然を喪失し、やがては法によって、制度によって、はじめて存立しうる、交換価値のみの抽象的な範疇と化したということだろう。こうした恣意性を自然の堕落とみる、ある否定的な歴史意識は、ちょうど聖書的な言語観において、神から与えられた自然としての言語が、バベルの塔以後、制度としての言語に変化せしめられたことを、堕落と見做す意識と通底している。

かくして、「夢」としておびただしく浪費される隠喩は、一個の「ターラー銀貨」と交換される。その恣意性が認識されるとともに、かずかずの形象は、ついに「マリアンネ」なる実体にはとどかずに、その表層をつぎからつぎへとすべりおちていくばかりであったことが明らかになる。このテクストが志向していたのは、結局は、制度によって保証された実体なるものの破壊、解体、無化であったと、結論づけることになるだろう。

しかし、そうしたテクストの運動は、何を模しているのだろうか。あるいは、それ自体、何なのだろうか。それを示唆しているのは、「おまえの顔は鏡でできている」と、「眼から眼へと雲が流れる、ソドムがバベルへと移動するように」という、二つの詩行である。「鏡」でできた女の「顔」に、ルネ・マグリットの絵画を連想する解釈があるのも(二五)、理由のないことではない。その透明な冷たさからして、死者とおぼしき女の「顔」。しかし、それが「鏡」であればこそ、「眼から眼へと雲が流れる」という形容も理解できるだろう。「ソドム」の「雲」とは、いうまでもなく「煙」である。業火の、かつて経験されたこともないような破局としての戦争の。

地中海地方の植物相に属する／毀傷される身体をなぞるように破壊され、さまざまに変容していく植物の名辞

詩集『無神の薔薇』には、詩作品の形式においてかなり自由な、ときには言語破壊にいたるほどの、さまざまな実験的な試みがなされている。引用、本歌取りといった技法は、もはや常套といってもいいかもしれないが、もしそこに注目すべきものがあるとすれば、同定しがたいものが、破壊による否定を経て、つぎつぎと変容していく、その過程において何がみえてくるのか、ということだろう。

つぎにあげる詩は、大道芸人の唄を模しているだけあって、その長い標題のありようからして、すでにあるイロニーを、屈折した自己言及的な構造を、物語っている。

ザダゴラ近在チェルノヴィッツの産
パウル・ツェラーンが
ポントワーズ近在パリにて歌いし

山師にして泥棒の唄
ただときおり、暗い時代に
ハインリヒ・ハイネ「エードムに」
当時、まだ絞首台があったころ、
あのころは、そうじゃねえか、まだ
上、ってえものがあったさ。

おれの髭はどこにいっちまったんだ、空っ風よ、おれの
ユダヤ人のしるしは、どこにあるんだよ、
おめえが引き毟っていく俺様の髭は。

まがっていたさ、おれが辿った道は、
そいつはまがっていやがった、そうさ、
なぜといって、そうだよ、
そいつはまっすぐだったからさ。

さあさ、おたちあい。

まがってらあ、おれの鼻もそうなっちまうのさ、
鼻もな。

それから、おれたちは、フリアウルへも行った、
そこでおれたちゃ、そうなるはずだった、そうなるはずだったんだ、
なぜといって、そこにゃあ、巴旦杏の木が花咲いていたからな、
マンデルバウムが、バンデルマウムが。

マンデルトラウムが、トランデルマウムが。
それからまた、マハンデルバウムが。
ハンデルバウムが。

さあさ、おたちあい。
アウムが。

反歌

だがさ、
だが、こいつときたら、棒立ちになるんだぜ、この木は。こいつも、
こいつもまた、
立っているのさ、
疫病に逆らってな。

この詩に、たえずあるパラドックスが企図されていることは、解釈者たちがつとに指摘しているところである。たとえば、「ザダゴラ近在チェルノヴィッツの産／パウル・ツェラーンが／ポントワーズ近在パリにて歌いし／山師にして泥棒の唄」という詞書を兼ねた標題には、奇妙な顛倒がある。つまり、ザダゴラよりもチェルノヴィッツのほうが、そして、ポントワーズよりもパリのほうが、はるかに大きな都市なのだから。[二六] ちなみにザダゴラは、東欧ユダヤ人にとっては、ハシディズムのラビが居城をかまえる聖地である一方で、馬の売買をする市が立つ町としても知られていたが、ユダヤ人でない者にとっては、ザダゴラのユダヤ人の「馬喰」とは、実は詐欺師の代名詞にほかならなかった。[二七] 他方、「ポントワーズ」という地名は、殺人、窃盗を事として、一度は絞首刑を宣告されたこともある一五世紀フランスの詩人フランソワ・ヴィヨンを暗示している。

「マンデルバウム（Mandelbaum）」から「バンデルマウム（Bandelmaum）」へ、「マンデルトラウム（Mandeltraum）」から「トランデルマウム（Trandelmaum）」へ、そして、「マハンデルバウム

(Machandelbaum)」から「ハンデルバウム(Chandelbaum)」へ。三つの組み合わせの前項は、それぞれ意味をもっている。「マンデルバウム」は「巴旦杏の木」、「マンデルトラウム」は「巴旦杏の夢」、「マハンデルバウム」、「ハンデルバウム」は低地ドイツ語で「ネズの木」である。他方、後項の「バンデルマウム」、「トランデルマウム」、「ハンデルバウム」は、それ自体、いずれも無意味な語である。二、三の解釈者は、この「ハンデルバウム(Chandelbaum)」の字母から、フランス語の「燭台(chandelier)」、「蠟燭(chandelle)」を導きだしている。(二八) それは、さらに「メノーラ」、ユダヤ教の儀式に使われる、ユダヤ民族の象徴でもある七本に枝分れした燭台に結びつけられる。(二九) 旧約聖書においては、「巴旦杏」と「メノーラ」は、相互に隠喩的な連関をもっていた。「出エジプト記」の第二五章三一節以降で、神エホバがモーセに「メノーラ」をつくることを命じる際に、その形状を指図する比喩として、幾度も花咲いている「巴旦杏」の木がもちいられている。

> 汝純金をもて一箇《ひとつ》の燈臺を造るべし燈臺は槌をもてうちて之を作るべしその臺座軸萼節花は其に聯らしむべし　又六の枝をその旁《かたはら》より出しむべし即ち燈臺の三の枝は此旁《このかたはら》より出で燈臺の三の枝は彼旁《かのかたはら》より出しむべし　巴旦杏の花の形せる三の萼節および花とともに此枝はあり又巴旦杏の花の形せる三つの萼節および花とともに彼枝にあるべし燈臺より出る六つの枝を皆斯《かく》のごとくにすべし(三〇)

また「ゼカリア書」第四章一〇節では、「メノーラ」の七本の腕の先にもえている灯明が、「遍く全地に往来するエホバの目」(三一)にたとえられている。それは、ヘブライ語で「巴旦杏」をさす語が「眼覚めている樹、見張っている樹」を意味すること(三二)に発しているかのようである。「巴旦杏」は、通常、「ニホンスモモ」をさすが、旧約聖書でそう訳されているのは、「アーモンド」のことである。

アーモンド　バラ科サクラ亜科サクラ属の落葉喬木。扁桃ともいう。高さは六メートルにも達する。細長く、披針形をした、暗緑色の葉をもち、花は白く、外面が赤みがかっている。果実は卵形で、黄色ないし赤色、核に含まれる仁を食用、ないし鎮咳、鎮痙などの薬用とする。中央アジア原産で、古くに地中海地域に伝わった。旧約時代のユダヤ人にとって、アーモンドは、主要な食物のひとつであるとともに、生命を象徴する聖なる植物でもあった。「眼覚めている樹」の語義は、早春、ときには二月早々に、葉に先だって花が咲くという、その特異な性質に由来する。

それをさらに敷衍すれば、「マハンデルバウム（Machandelbaum）」には、「眼覚めている樹」を意味するWachebaumの字母が、Wをのぞいて、すべて含まれている。ちなみに「マハンデルバウム」の高地ドイツ語による呼称である「ネズ（Wacholder）」の字母のなかにも、やはり「眼覚めている（wach）」という形容詞がひそんでいる。

ネズ　ヒノキ科ヒノキ亜科ネズミサシ属の常緑針葉樹の総称。セイヨウネズは、北半球の温帯ないし寒帯に分布する。高さは一メートルから十二メートルにもおよぶ。樹皮は灰褐色。雌雄異種で、楕円形の雄花、円形の雌花をつける。果実は、未熟な段階では緑色だが、二年目に成熟して、ようやく青黒色に変化する。古来、ジンの醸造にもちいられる。ネズは、しばしば森の下生えとして、あるいは荒地や、乾燥した、痩せた斜面などに生育する。

ところでネズの木は、『グリム童話』のなかでは、ある継母が子供の首を長持の蓋で切り落として殺したあとで、死骸を埋めた場所とされている。はたして「ハンデルバウム」は「マハンデルバウム」の、「アウム」は「バウム」の、それぞれ冒頭の字母を、つまり首を、切り落としたものである。(一三三)それにくわえて、すでに指摘されているように、「ハンデルバウム」が「絞首台（Schandbaum）」を暗示しているとすれば、やはり絞首台でもあったはずの、第一連の「上」という語は、新たな意味をおびてくることになるだろう。つまり、それは、「まがって」いるユダヤ人の歴史、不条理な受難史を、「眼覚め」つつ俯瞰しうるパースペクティヴをも含意しているのである。「全地に遍く往来するエホバの目」のように。ちなみにモットーとして引用されているハイネの詩「エードムに」は、キリスト教徒とユダヤ教徒との相剋を、というよりも前者による後者にたいする迫害を、痛烈な風刺をこめつつ叙した作品だが、バザーニュの『ユダヤ宗教史』という本を、詩人が「苦痛とともに読んだ」(一三四)ことが、その成立の契機になったという。

「マンデルバウム（Mandelbaum）」から絞首台を連想させるのは、おそらくその最初の四文字を共有する、まったく異種の植物である「マンドラゴラ（Mandragora）」である。

マンドラゴラ　ナス科マンドラゴラ属の多年生草本。地中海地方、とくにイベリア半島、イタリア、ギリシアに自生する。短い茎と、地下に人参様の太い根茎をもち、そこから直接にロゼット状の葉をだす。釣鐘形の黄緑色の花をつける。有毒で、中世には麻酔薬としてもちいられたが、他方、旧約時代より媚薬としても重宝されたという。二股に裂けた根の形状が人間を連想させることから、しばしば民間伝承や呪術に結びつけられている。絞首台で処刑される際に、罪人が苦しまぎれに漏らした尿ないし精液から生じるとの言い伝えがある。

解釈者たちが一五、六世紀の傭兵の歌からのいささか恣意的な引用であることを指摘しながら、(三五)十分に解釈しかねているようにみえる「それから、おれたちは、フリアウルへも行った」という一行は、ユダヤ人の、とりわけその宗教的な迫害の歴史に照らして読みとらなければならないだろう。一四世紀末からイベリア半島でくりひろげられた異端審問で、カトリックへの改宗か、もしくは死かの二者択一を迫られて、一五世紀末にスペインとポルトガルを去ったユダヤ人は、ヨーロッパ各地、トルコ、北アフリカなどへ離散を余儀なくされた。「フリアウル」は、イタリア語で「フリウリ」と呼ばれる北イタリアの一地方をさすが、そこへもユダヤ人が多く上陸したであろうことは、一六世紀初頭にフリウリ地方を統治したヴェネツィア共和国が、市内にユダヤ人たちを受けいれて住まわせた、その地域の呼び名から、「ゲットー」というイタリア語起源の言葉が生まれたことからも推測されうる。(三六)やがて差別、隔離の機能をはたすようになるゲットーは、しかし、その発端においては、ユダヤ人を保護する機能をはたしていた。「フリアウル（Friaul）」という地名には、「平和（Frieden）」や「自由（Freiheit）」の響きも聞きとれる。たとえばシーセル・ロスの『ユダヤ人の歴史』は、「イタリアのある地域では、ゲットーの設立を称えるために、例年の記念日が設けられて、長く祝われていた」という、「驚くべきパラドックス」に言及している。（三七）ついにはナチスの強制収容所にひとつの帰結をみる、この「パラドックス」こそ、「巴旦杏の木」が絞首台に変容していく「パラドックス」にほかならない。「そこでおれたちゃ、そうなるはずだった、そうなるはずだったんだ」という詩行にしても、ドイツ語の俗語の、「（恐れていたとおり）、こいつはえらいことだ、さあ大変だ」という慣用句として読めないことはない。巴旦杏の木が、非現実話法で表現される「そうなるはずだった」という希望を、「巴旦杏の夢」を、約束していたにもかかわらず、待ち受けていた現実が、すなわち「疫病」として伝播する狂気であったとすれば。

「マンデルバウム（Mandelbaum）」が「マハンデルバウム（Machandelbaum）」になり、「ハンデルバウム（Chandelbaum）」になるという、この字母の変換によって、つまりchの導入によって、生起してくるのは、ほかでもない「ツェラーン（Celan）」のアナグラムである。このテクストの内外には、三つの次元で、「ツェラーン」の名が記されていることになる。すなわち、このテクストの内部のどこにも記されていない、この作品がおさめられている『無神の薔薇』という詩集の表紙にようやくみいだされるところの、詩集の著者の名前である「ツェラーン」と、この詩の標題に含まれている、ヴィヨンばりの泥棒詩人の名前である「ツェラーン」と、そして、「メノーラ」であると同時に「絞首台」でもある「ハンデルバウム」のなかに、ひそかにアナグラムとして書きこまれている名前としての「ツェラーン」と。

ここでもうひとつの事実に留意しておこう。chという字母が導入されることによって、かわりに抹消されるのは、mという字母である、という事実に。まさに「巴旦杏の木」が毀傷され、解体されることによってこそ、「ツェラーン」が生成するのである。そのとき、「マンデリシュタム（Mandelstam）」、すなわち「巴旦杏の幹」ないし「巴旦杏の族」（三八）という意味をもつ固有名が、やはりユダヤ人であるひとりの男の名前が、浮かびあがってくることだろう。

オシップ・マンデリシュタム。詩人。ロシア系ユダヤ人の子として、一八九一年一月一五日、ワルシャワに生まれ、一九三八年一二月二七日、ウラディオストックの近くの収容所で死亡。フランスおよびロシア象徴主義の影響下に出発し、いわゆるアクメイスムの運動に参加する。しかし、スターリン体制下において孤立を深め、一九三四年から三七年まで流刑に処せられて、いったん赦免されるものの、一九三八年にあらためて五年の強制労働を宣告された。死後、七年を経て、一九五六年に名誉回復。一九六三年に出版されたツェラーンの『無神の薔薇』の扉には、「オシップ・マンデリシュタムの思い出に」という献詞がかかげられているが、元来、草稿段階では、マンデリシュタムからの引用が、この詩のモットーとして考えられていたこともあった。マンデリシュタムとツェラーンの関わりについては、次章であらためて考えることにしよう。

遍在する眼差

地中海地方の植物相に属する／隠喩的にユダヤ人の扁桃眼として表象される果実

つぎの詩は、『罌粟と記憶』の末尾におかれた作品である。その「ひそやかな」語り口にふさわしく、標題をもっていない。

巴旦杏をかぞえよ、
かぞえよ、苦く、おまえをたえず眼覚めさせていたものを、
そのなかに、私をかぞえいれよ。

私はおまえの眼をもとめた、おまえがその眼を見開いたとき、だれもおまえをみつめていなかっ

たときに、
私はあのひそやかな糸を紡いだ、
そして、それをつたって、おまえが思いつづけていた露は、
あのいくつもの壺にむかってしたたり落ちたのだった、
だれの心にもとどかなかったひとつの箴言に、いまなおまもられている壺へと。

そこでおまえは、ようやくわがものである名前のなかに、のこりなく歩みいり、
たしかな足どりで、おまえは自分自身にたちかえった、
おまえの沈黙の鐘楼のなかで、鐘槌は自在に揺れはじめ、
静かに聴きとられたものが、おまえに合流し、
死せるものもまた、おまえの肩に腕をまわし、
かくしておまえたちは三人で、夕べのなかを過ぎていった。

私を苦くせよ。
私を巴旦杏のなかにかぞえいれよ。

第一連と第四連にあらわれる「巴旦杏」が、ユダヤ人の苦難のアレゴリーであろうことは、「苦く、たえず眼覚めさせていた」という形容から、たやすく推測することができる。未熟な巴旦杏の実は、

事実、苦くもある。この「巴旦杏」を、ユダヤ人のひとりひとりの運命を、「かぞえる（zählen）」とは、それについて「物語る（erzählen）」ことでもあるだろう。死児の齢を「かぞえる」のとは、またちがった志向において。そして、そもそもそうした「巴旦杏」によって「眼覚めさせ」られていたという「おまえ」にしても、やはりユダヤ人であるにちがいない。すでに述べたように、「巴旦杏」の語は、ヘブライ語で「眼覚めている樹」を意味していた。「巴旦杏」のような「眼」。ヨーロッパ系の言語の隠喩表現で「扁桃眼」とは、元来はモンゴロイドの眼の形状をさす言葉だが、ツェラーンにあっては、むしろユダヤ人の身体的特徴のひとつとされている。（二）かくのごとく、「おまえ」は、「おまえ」の「眼」は、「かぞえる」主体であるとともに、そうして「かぞえ」られる対象でもある。そして、「そのなかに、私をかぞえいれよ」と語る「私」もまた、ユダヤ人なのである。

最初の連と最後の連をのぞいて、第二連と第三連には、「私」と「おまえ」とのある出会いが語られている。それは、「私」が「あのひそやかな糸を紡いだ」こと、「私」が二人の存在を結びつける、なんらかの関係をつくりあげたことを契機にして、「おまえが思いつづけていた露」が、すなわち「おまえ」の思惟が、ようやくある形をとるにいたる、そうした出会いである。「私」とは、ここでは、「おまえ」の思惟の表現を成立させる媒介者にほかならない。さらに第三連では、その「おまえ」の自己実現が語られる。「そこでおまえは、ようやくわがものである名前のなかに、のこりなく歩みいり、／たしかな足どりで、おまえは自分自身にたちかえった」。そうした自己同一性の獲得は、「おまえの沈黙の鐘楼のなかで、鐘槌は自在に揺れはじめ」る、すなわち沈黙をはらむ言葉を語りはじめる、ある仕方での表出の営みにかかわるものであったことが知られる。ここで暗示されているのは、独自の言語表現を営む者とその媒介者との、たとえば詩人とその翻訳者との、そうした出会いである。

「巴旦杏」の複数形Mandelnに、同音異義語として、「十五ないし十六ずつかぞえる」という意味の動詞mandelnが対応していることは、すでに指摘されている。（二）それを敷衍するなら、「かぞえる（zählen [tsɛːlən]）」という語の変形としての「ツェラーン（Celan [tsɛlaːn]）」という名前は、「巴旦杏（Mandeln）」という語を包含している「マンデリシュタム（Mandelstamm）」という名前と、「巴旦杏をかぞえる」という行為において、相互に連辞関係にある。そして、「かぞえる（mandeln）」という語を包含している「マンデリシュタム（Mandelstamm）」という名前とは、ともに「かぞえる」主体であるという身分において、相互に範列関係にあるということになるだろう。「ツェラーン」もまた、「巴旦杏」を「かぞえ」ながら、「マンデリシュタム」になりかわることができる。翻訳者が詩人になりかわることができるように。ほかでもない、「かぞえる」ないし「物語る」という営為において。

「巴旦杏をかぞえよ」ではじまるこの詩は、詩人自身の註記によれば（三）、一九五二年の春に書かれ、同年の七月にある雑誌に発表されたのち、冒頭でふれたように、『罌粟と記憶』に収録された。他方、ツェラーンによるマンデリシュタムのドイツ語訳詩集は、一九五九年にようやく上梓されている。ツェラーンが一九五〇年前後の時期に、すでにその原詩を読んでいたのかどうか、目下のところは確認しようがない。彼は、一九一〇年代、二〇年代に出版されたマンデリシュタムの著書を所蔵していたが、パリの古書店からロシア文学関係の古書を多く購入していたことからすると、それは、若年からこのロシア系ユダヤ人の詩人に関心をよせていたことの証左には、かならずしもならないだろう。たとえば、ツェラーンがマンデリシュタムの作品にふれたのは、ニューヨークで全集が出版された一九五五年(四)、あるいはそれを入手した一九五七年(五)とも推測されている。しかし、それは、ツェラーンがもしかしてそれ以前に、まだ西欧ではその名前を知る人すらすくなかった時期に、マンデリシュタムの作品にすでに親しんでいたばかりか、ひそかにドイツ語に翻訳することさえこころみていた可能性を、完全に排除するものではない(六)。そのような解釈へと誘うのは、「だれもおまえをみつめていなかったときに」、あるいは「だれの心にもとどかなかった」という、否定の不定代名詞を含む詩行である(七)。

そのように考えたときに、はじめて「そこでおまえは、ようやくわがものである名前のなかに、のこりなく歩みいり」という詩行を、そのまま字義どおりに読みとることができる。歴史のなかに集積された経験として、「苦く、おまえをたえず眼覚めさせていたもの」が、たまたま「巴旦杏の幹」ないし「巴旦杏の族」を意味する個人の「名前」にかさなりあうとき、普遍的でありながら、それでいて「わがもの」でもあるこの「名前」のなかへ、はじめて「おまえ」は「歩み」いったという。それこそがマンデリシュタムとツェラーンの、詩の言葉を媒介にしての出会いであったということができるだろう(八)。そして、ほとんど過去時称で叙述されている第二連と第三連のなかで、現在時称でもちいられている二つの動詞が、この出会いを経たのちに存在しつづけるものを暗示している。すなわち、「わがものである名前」と、「ひとつの箴言に、いまなおまもられている壷」と。いいかえれば、固有名と、そうして翻訳された作品と。

「おまえ」が詩人であればこそ、耳をすまして「静かに聴きとられたもの」、あるいは記憶のなかにたちあらわれる「死せるもの」とは、いったい何だろうか。「おまえ」に同伴して、「夕べのなかを過ぎていった」、おぼろげな「もの」たちとは。それは、いずれも過去分詞ないし形容詞の中性名詞形をなしていて、文法的にただしく読みとるかぎり、けっして人間ではありえない。あるいは、かつて生きていた人間の声であり、かつて生きていた人間の身体であるのかもしれないが、すくなくともいまは、もはや男女の性別すらさだかでない「もの」と化している。そもそも「おまえ」にしてからが、すでに死者なのだから。「もの」たちがあらためて擬人化されて、かくして「三人」の死者たちが依然として死者でありつづけつつ、「過ぎて」いく「夕べ」とは、歴史の闇だろうか、それともエクリチュールとレクチュールのはざまに介在する、そうした薄明だろうか。

マンデリシュタムの訳詩集に付したあとがきのなかで、はたしてツェラーンは、こう書いている。その詩は、「言葉を経由して[九]知覚しうるもの、到来しうるもの」が「招集される場所」である、と。そして、その「中心」にあるのは、「その刻限、みずからの刻限と世界の刻限、すなわち心拍と永劫とを問いただすところの、単独者の現存在」である、と。

地中海地方の植物相に属する／隠喩的にユダヤ人の扁桃眼として表象されるのみならず、換喩的にパレスティナの土地に結合される果実

つぎの詩は、『閾から閾へ』に含まれている。

追想

そのなかで、あの刻限が
死者の扁桃眼を思念しつづけているような、
そうした心は、無花果で養われてあるがいい。
無花果で養われて。

険阻に、海の息吹につつまれつつ、
難破した
額、
岩礁の妹。

そして、おまえの白髪のぶんだけふえる、
夏めいていく雲の
フリース。

それほど長くもない詩にあらわれる、複合語を含むいくつかの語彙をひろいあげていくと、それらは、おのずから二つの換喩的な系列に分類されてくる。ひとつは自然の風景にかかわる語彙で、「海」、

「岩礁」、「雲」がこれに属している。あるいは、「無花果」を、ここにくわえてもいいかもしれない。そして、いまひとつの系列は、「扁桃眼」、「額」、「白髪」とつづく身体、それも人間の顔の部分を表象させる語彙である。さきに述べたように、「扁桃眼」が、ツェラーンにおいては、まずユダヤ人に結びつけられるところからすると、そこに暗示されているのは、ひとりのユダヤ人の老人の肖像なのだろう。標題にもちいられている「追想(Andenken)」という語は、事物を対象にすることもあるとはいえ、しばしば人間について、それも死者に関連して、使われる。この詩においても、「死者の扁桃眼を思念しつづけている」とあるように、いまは「死者」になっているユダヤ人の老人にたいする追憶、回想が、その主題になっているように思われる。

この二つの系列の結節点をなしているのは、ほかでもない、「扁桃眼」という複合名詞である。文脈から切り離して、ただこの語のみをとりあげるなら、「扁桃、巴旦杏」のような形状をした「眼」を意味しているかぎりは、前者は、たかだか後者を形容する隠喩にすぎない。したがって、ここでは「眼」が属している身体の系列のほうに、より濃密な現実性が仮託されている、ということになるかもしれない。しかし、そう断定してしまうことは、すこし早計だろう。「巴旦杏」は、ただユダヤ人の「眼」を形容しているばかりではなくて、それ自体、ユダヤ人の郷土とされるパレスティナに多く生育する植物でもある。そして、「眼」の隠喩としての「巴旦杏」にとどまらず、「額」の隠喩としての「岩礁」、「白髪」の隠喩としての「雲」と、その都度、それこそ「妹」のような類似性を手がかりにして、元来は異なった領域からたまたま呼びだされてきたようにみえる形象にしても、それがもはや断片的な隠喩ではなく、いわゆる「紡がれた隠喩」（一〇）として結合し、あらたな系列を形成するとなると、それは、やはり自然としてのひとつの現実性、実在性を主張しはじめる。そして、地中海沿岸とおぼしき風景は、より厳密に、パレスティナという土地へと限定され、同定されていくことになる。

その収斂作用をさらに強めるのは、いまひとつの植物の名辞「無花果」である。地中海地方からイラン、シリアにかけてひろがっている「巴旦杏」の分布は、元来、地中海地方から北西インドにかけて野生していたという「無花果」の分布と、かなりの範囲にわたってかさなりあっている。

イチジク　小アジアないしアラビア南部原産のクワ科イチジク属の落葉小喬木。葉は、三裂掌状で、茎、葉、果実を切れば、乳状の汁を分泌する。漢字で「無花果」と標記するのは、花を咲かせることなく、果実を実らせるような外観を呈することに由来するが、果実とみえるものは、偽花の一種で、花托と、その内面に密生する多数の小果（花）である。食用として、歴史上、古くから栽培され、地中海地方の民俗伝承にあっては、豊饒の象徴とされた。

「無花果」は、「巴旦杏」と同様に、いずれもただ地中海地方に多くみられるというにとどまらず、旧約聖書のなかで特殊な意味を与えられてもいた。「無花果」は、たとえば「申命記」第八章八節にも、「小麦大麦葡萄無花果および石榴ある地油橄欖および蜜のある地」（二）として、「約束された土地」を標示する植物のひとつに、名をあげられている。「巴旦杏」が、花が咲くに先だって実がなることから、「眼覚めている樹」を意味していたことは、すでに指摘したとおりである。おなじように、「無花果」もまた、花を咲かせることもないままに、結実するかにみえる。かくして、「無花果」、「扁桃眼」、

「海」、「岩礁」とつづく、あらたに編成されたこの系列は、ユダヤ人に「約束された土地」としてのパレスティナを、そして、それを忘れることなくたえず眼覚めている、「死者」であるユダヤ人の眼差を、語ることになるだろう。当時のシオニストの愛唱歌の一節との関連を指摘しながら、詩人がシオニストであった父親を回想している作品であるとする解釈もあるように。[一二]

匿名の「私」は、「死者」にたいして、どのような姿勢をとっているのだろうか。「そのなかで、あの刻限が／死者の扁桃眼を思念しつづけているような、そうした／心」とは、おそらく「私」の「心」である。「あの刻限」とは、過去において生起したどのような「刻限」であったのか、とりあえずは読者に知る由もない。「刻限（Stunde）」という名詞は、「停止している（stehen）」という動詞に由来している。「私」の「心」のなかでつねに「停止」している「刻限」は、もはや「追想」の対象ではなく、「追想」の主体である。「思念する（sich besinnen）」とは、ザンダース＝ヴュルフィングのドイツ語辞典によれば、「意識を集中させつつ、記憶のなかへ呼び戻すべき何ものかへとさしむける」、志向的な営為である。そこには、元来、ある疎隔が前提されている。「死者の扁桃眼」は、おのずから思い出されてくるのではなくて、志向的に「意識を集中させ」てこそ、はじめて「追想」することができる。[一三] しかし、この「刻限」は、ザンダース＝ヴュルフィングがさらに記述しているように、そうした「思念によって何ものかを現に記憶のなかへと呼び戻す」ことはできないようにみえる。「扁桃眼」、「額」、「白髪」と換喩的な連関をたどって想起される形象にしても、「扁桃眼をもった死者」ではなくて、「死者の扁桃眼」であるかぎり、断片的、偏執的であり、「額」は、「難破し」ているがゆえに、破壊されていて、「白髪のぶんだけふえる／夏めいていく雲の／フリース」は、およそとりとめがない。

そのように努力してしか、あるいはそのように努力してすら、「死者の扁桃眼」との出会いが成就しないような、「そうした心」にたいして、「無花果で養われてあるがいい」と、要求話法による当為が課せられる。すなわち、「無花果」によって養われること、「無花果」を食べることが、もしかして「死者」の眼差と出会うことを可能にするかもしれない、最低限の要件なのである。「無花果(Feige)」の同音異義語である形容詞のfeigeは、現在は「卑怯な、臆病な」という語義しかもたないが、たとえば中高ドイツ語のveigeは、受動的には、「運命によって死もしくは不幸に定められている」、「死ななければならない、不幸になる定めにある、呪われた、不幸な、罰せられた」、「死ななければならなかった、死者である」を意味し、さらに能動的には、「死もしくは不幸をもたらす」の意となる。(一四)「養われ」ることによってこそ、「死者」におのれを同一化させることができるという逆説。かくして、旧約聖書では、人々の生を養い、豊饒の象徴であったはずの形象が、にわかに「死者」との親近性をあらわにする。おそらくツェラーンの詩作品の多くがそうであるように。

地中海地方の植物相に属する／ユダヤ人の扁桃眼として表象されながら、またしても無へ、空虚へと引照される果実（1）

ツェラーンの詩作品を繙いていくうちに、読者は、詩人がユダヤ的な主題にあからさまに傾斜していくようにみえる局面に、二度、出会うことになる。ある意味で危機的な様相をしめしている、そうした詩集のひとつは、いうまでもなく『無神の薔薇』（一九六三）であり、いまひとつは、遺稿として出版された『時の館』（一九七六）である。

ここでは、その最初の発現としての『無神の薔薇』と、それに関連して、つぎの詩集『息の転回』から、扁桃眼のモティーフを含んでいる詩を、一編ずつ、えらびだしてみよう。

まず『無神の薔薇』から。

大光輪

巴旦杏のなかに――巴旦杏のなかに、何があるのか。
無がある。
巴旦杏のなかに、無がある。
そこにそれがある、それがある。

無のなかに――そこにだれが立っているのか。王が立っている。
そこに王が立っている、王が立っている。
そこに彼が立っている、彼が立っている。

ユダヤ人の巻毛よ、おまえは白髪になることがない。

そして、おまえの眼――おまえの眼は、どこを向いて立っているのか。
おまえの眼は、巴旦杏に対して立っている。
おまえの眼、それは巴旦杏に対して立っている。
それは王のほうを向いて立っている。
そのようにしてそれは立っている、それは立っている。

人間の巻毛よ、おまえは白髪になることがない。
空虚な巴旦杏は、ロイヤルブルーだ。

標題にもちいられている「大光輪（Mandorla）」は、「巴旦杏」を意味するイタリア語に由来し、キリストや聖母マリアの全身像をつつみこんでいる扁桃形の輪光、光背の謂である。はたしてこの詩の主題は、十字架上のキリストをえがいている聖画像である。しかし、語源にふさわしく「巴旦杏」として表象される、この「大光輪」は、「無」を、「空虚」を、内にはらんでいる。詩人がキリストの磔刑像を「無」に引照するのは、すでにいくつか例をしめしたように、これがはじめてではない。そしてまた、キリストを救世主としてではなく、迫害され、不条理にも殺される、無力なひとりのユダヤ人として表現するという、そのモティーフも。ここで「無」のなかに「立って」いる者は、「王」

と呼ばれる。それは、十字架にかけられたキリストの頭上に、嘲弄する含意でかかげられた文言「ユダヤ人の王」を示唆している。それにふさわしく、この「空虚な巴旦杏」は、「ロイヤルブルー」、すなわちドイツ語でいえば、「王の青」に彩られてもいる。かくして、「巴旦杏」がはらんでいる「無」ないし「空虚」は、「ユダヤ人の王」としてのキリスト像を浮かびあがらせつつ、救世主としてのキリストのステータスを剝奪する機能をはたしているのである。

行頭を下げて印刷されている、第三連の「ユダヤ人の巻毛よ、おまえは白髪になることがない」という一行は、草稿の段階では、括弧にいれられていた。「研ギスマサレタ切先ニ」や「マチエール・ド・ブルターニュ」といった詩にもみられたように、それは、テクストの表層の背後に隠れている「私」がひそかに語る、いわば非合法の言表形式である。そこに作用している抑圧は、おそらくその発言が聖画像のキリストの顔貌にむけられていることに起因している。前髪を編んで、こめかみに垂らすことは、現代にまでつづく正統派ユダヤ教徒の習俗である。草稿の段階では、「赤い巻毛」と書かれていたことからすると、あるいは東欧ユダヤ人が想定されていたのだろうか。縮れたキリストの巻毛を、正統派ユダヤ教徒のそれに同一化することは、たしかにある禁忌に抵触するだろう。「私」にそうした侵犯を強いるのは、まぎれもないひとつの歴史である。「白髪」が老人ないし老齢の提喩ないし換喩であるとして、これは、「ユダヤ人」が老齢をむかえるまでもなく、早々に死へと追いやられるがゆえに、記憶のなかではいつまでも若いという、逆説的な事態を暗示している。「ユダヤ人の王」キリストがそうであったように。

つぎの連で「おまえの眼」と語りだされている、その二人称は、さきに「おまえ」と呼びかけられていた「ユダヤ人の巻毛」とは異なっている。ここでの「おまえ」とは、「ユダヤ人の巻毛」に語りかけていた当人であるところの、匿名の「私」にほかならない。ヘブライ語では、「眼」と「無」とは、同音異義語であるという。(二五)「巴旦杏」とおなじように「無」をはらんでいる「私」の「眼」も、やはり「ユダヤ人」の扁桃眼だろうか。そうした「私」の「眼」は、「巴旦杏に対して立っている」、すなわち、「巴旦杏」に、キリスト教による聖化の枠組である「大光輪」に、「対立している」。他方、それにつづく「王のほうを向いて立っている」という行文は、ドイツ語の慣用句として「王に味方する、王にたいして責任を負う」とも読むことができる。「ユダヤ人の王」の毀傷された身体を凝視しつつ「立っている」扁桃眼の、この静かな、しかし明確な態度表明は、いったいどのような文脈においてなされているのだろうか。

ここでキリストが人類の救世主の地位から引きおろされて、本来の「ユダヤ人の王」にたちかえるとすれば、そこには、ユダヤ教という民族宗教からキリスト教という普遍宗教が発展してきた歴史的過程を、一挙に無に帰せしめるような志向がはたらいている。しかし、そうした否定を介したうえで、「ユダヤ人の巻毛」は、あらためて「人間の巻毛」へと普遍化されていく。「ユダヤ人」であるがゆえにこそ、「人間」たりうるキリストの「巻毛」は、永遠に「白髪になることがない」、およそ不滅である、といわんばかりに。それは、『無神の薔薇』のなかのある詩にモットーとしてかかげられたロシアの女流詩人マリーナ・ツヴェターイェワの詩の一行、「あらゆる詩人はユダヤ人である」とする普遍化に、どこか通じるものがある。しかし、たとえ隠喩であるとはいえ、ある集合の名称を明示した特殊化は、それがあらためて普遍化されるときには、かなり危ういパラドックスを構成してしまうことになるだろう。その根底に、ある民族への、ある宗教への、さらにはある土地への、そうした偏執を含んでいるからには。

地中海地方の植物相に属する／ユダヤ人の扁桃眼として表象されながら、またしても無へ、空虚へと引照される果実（2）

つぎに『息の転回』から。

示しの糸、意味の糸よ、
時の背後で、夜の胆汁から
撚りあわされて。

だれが
おまえたちを視るほどに
じゅうぶんに不可視でありうるだろうか。

肩衣の眼、巴旦杏の眼よ、おまえは

ありとあらゆる壁を通り抜けて、やってきた、
いまこの小卓に
よじのぼり、
そこにおかれてあるものを、ふたたびひろげていく――

十本の盲人の杖が、
焰々と、直截に、自在に、
生まれたばかりの徵から
ただよいでて、

そのうえに
屹立している。

私たちは依然としてそうなのだ。

「示しの糸」、「視る」、「不可視」、「肩衣の眼」、「巴旦杏の眼」、「盲人の杖」、「徵」とならべてみると、ここでは、眼ないし視覚が主題になっていることがうかがえるだろう。それもユダヤ人ないしユダヤ教にかかわる、ある強い含意をもって。たとえば、「示しの糸」、ヘブライ語で「ジジト」と呼ばれる

ものについて、旧約聖書の「民数紀略」第一五章三七節以降には、こう書かれている。

エホバ亦モーセに告て言たまはく　汝イスラエルの子孫《ひとびと》に告げ代々《よよ》その衣服《ころも》の裾に総《ふさ》をつけその裾の総《ふさ》の上に青き紐をほどこすべしと此に命ぜよ　此総《ふさ》は汝らに此を見てエホバの諸の誡命《いましめ》を記憶《おもひいだ》して其をおこなはしめ汝らをしてその放縦《ほしいまゝ》にする自己《おのれ》の心と眼の欲に従がふこと無らしむるための者なり（一六）

すなわち、「示しの糸（Sinnfäden）」とは、元来は、日常、それをたえず「眼にとめる（schauen）」ことによって、神の掟を想起するための目印となる、衣服につける「総《ふさ》」の謂であった。したがって、それは、本来なら「観照の糸」とでも訳すべきところだろう。そして、ひいては「意味の糸（Sinnfäden）」も、たとえば「沈思の糸」とでも訳すことになるだろう。そうしてこそ、「観照する（schauen）」ことは、「沈思する（sinnen）」ことと同義になる。カトリックの用語をかりるなら、「霊操、静修」として。しかし、詩人はここで、Schauという語が「みること」と「みせること」の両義を有していることに依拠して、「意味」を「開示する糸」、「示しの糸」という新しい語義を成立させようとしているかにみえる。かくして、伝統的なユダヤ神学の文脈に由来する「観照の糸、沈思の糸」は、他方で「示しの糸、意味の糸」として、「意味」を「撚りあわせ」るテクスチュアを、なんらかの言語表現を、具現することになる。しかし、それは、いったいどのような「意味」を「示そう」とするのだろうか。そして、その「示し」を読みとるのは、どのような存在なのだろうか。

あらゆる衣服につけるように命じられていた「総《ふさ》」、「示しの糸」は、やがて一枚の布からなる「タリート」、すなわち朝の祈りにもちいられる「肩衣」にかぎられるようになった（一七）。それを考えあわせると、ここで名ざされている「示しの糸」は、一見して「肩衣の眼」と同義であるように思われるかもしれない。しかし、おそらくそうではないだろう。「巴旦杏の眼（Mandelaug）」と同格におかれ、行内韻によって同一化されている、この「肩衣の眼（Mantelaug）」は、そもそも「示しの糸」を「視る」べき主体であるはずだから。この「巴旦杏の眼」、ユダヤ人の扁桃眼は、それ自体、「不可視」であり、「ありとあらゆる壁を通り抜けて」くることができる。もしかして、強制収容所の「壁」すらも。そうした特性からして、これは死者の「眼」であるにちがいない。それのみが、「示しの糸」を「視るほどに」、その「意味の糸」を解するほどに、「じゅうぶんに不可視」でありうる。死者たること、それこそが「示しの糸、意味の糸」を読みとるための必須の条件なのである。

他方、この「意味の糸」を「撚りあわ」せるのは、死者の時間を生きようとするひとりの生者である。「夜の胆汁（Nachtgalle）」は、そのシニフィアンにおいては、アイロニカルに「小夜啼鳥、ナイチンゲール（Nachtigall）」をもじりながら、シニフィエにおいては、「黒い胆汁」を語源とする「メランコリー、憂鬱」をひきだしてくる。「憂鬱」とは、「時間に遅れた」、死に遅れた生者の感情である。そうして「意味の糸」を、おそらくは詩のテクストを、「撚りあわせ」るのも、あくまで「意味」にとらわれてやまぬ憂鬱家の手仕事にふさわしい。それは、いまや「示しの糸」として、「不可視」の「扁桃眼」にのみ、「示さ」れている。死者こそが、そうしたテクストを詩として裁可しうる唯一の審級なのだから。そして、「示しの糸、意味の糸」は、いまや「小卓」の上に「おかれて」、巻物のように「ひろげ」られていく。さながら教会堂の聖書台におかれた「トーラ」のように。「徴（Zeichen）」は、「示す（zeigen）」と同根であるからして、それは、「示しの糸、意味の糸」から「生まれた」ものだろう。さらにそこから「ただよい」でて、いまこそ「そのうえに／屹立している」、「十本の盲人の杖」を、さきの「民数紀略」の記述と関連させて、モーセの十誡を意味する隠喩であるとする解釈もある。[一八] もしそうだとすると、これらの詩行が叙していくのは、死者を悼むユダヤ教の秘儀、秘蹟のほかのなにものでもないということになるだろう。

この「十本の盲人の杖」がもしモーセの十誡でなければ、いったい何を意味しているのだろうか。すくなくともそれは、「盲人」である生者が、死者の超越的な地平にいたるための媒介であるにはちがいない。それがどうして「十本」でなければならないのか、とりあえずは不分明だが。とにかくもその「盲人の杖」が揺曳するさまは、「焔々と、直截に、自在に」と形容される。「直截に」の箇所は、当初、草稿では「命令的に」とさえ、書かれていた。生者の言葉が「意味の糸」として、詩のテクストとして、「生まれ」でる契機は、またしてもユダヤ神秘説のパラダイムに回収されてしまうかのようである。

そのとき、「私たちは依然としてそうなのだ」という思い定めは、いったいどのような関係のなかに身をおいているのだろうか。そもそも「私たち」とは、だれのことだろうか。「依然として」という形容が、ある伝統に帰属している自己の再確認であるとしても、それがどうして「私たち」であって、「私」ではないのだろうか。

地中海地方の植物相に属する／盲いることを強いられ、あるいはみずから希求する扁桃眼としての果実（1）

ツェラーンがイスラエル訪問への招請を受けていた一九六八年の秋から、翌年の秋に実現することになる半月あまりの旅を経て、パリに戻り、そして一九七〇年四月末に自死するにいたる、その期間に書かれた作品は、いわゆる「イェルサレム詩編」をも含めて、遺稿として、『時の館』に収められている。つぎにあげる詩は、その冒頭に位置しているものである。

流浪の宿根草よ、おまえは
言説のひとつをとらえる、

拒絶されたアスターが
そこにくわわってくる、

もしも
かつて歌をうちこわした者が
いまさら杖に語りかけたとしても、
その者の、そしてすべての人々の

眼を奪う眩惑など
よもやおこるはずもないだろう。

ここにも、植物学の用語がいくつかもちいられている。とりあえず、レファレンスブックを引くことからはじめよう。

宿根草　冬に地上部が枯死したあとも、地下茎もしくは根が残存して、春にまた発育してくる多年生草本をいう。キク、キキョウ、ゼラニウムなど。球根植物も、広義の宿根草に含まれる。

通常の「宿根草」は、地中に根を残しているかぎりは、「流浪」することはありえない。したがって、「流浪の宿根草」とは、おそらく「球根植物」のことだろう。

球根植物　多年生草本で、温度、水分などが適合しない、成育に不利な条件下では、鱗茎、球茎、塊茎、塊根、地下茎などの地下部に養分を蓄積して、休眠状態にはいる植物をいう。ユリ科、アヤメ科などに多いが、一部、キク科にもみられる。

アスター　キク科の属名としては、アスター属、すなわちシオン属を意味する。たいていは宿根草で、世界で五百種以上を数えるが、ドイツで自生しているものは、五種にかぎられる。花の色は、紫、黄、金、白、ピンクなど、さまざまである。他に、園芸品種として、ユウゼンギクの類がある。

ユウゼンギク　キク科アスター属の多年生草本。北アメリカ原産。高さは、四〇センチメートルから一メートル、茎は直立する。晩夏から秋にかけて開花する。ピンク、青、白の舌状花で、中心花は黄色。耐寒性で、「秋のアスター」あるいは「宿根草のアスター」の別称がある。

他方、日本語で俗に「アスター」と呼ばれているエゾギクは、そもそもアスター属ではなくて、おなじキク科でもエゾギク属だが、英語で「チャイナ・アスター」と称し、ドイツ語でも「庭園のアスター」の異名を得ている。

エゾギク　キク科エゾギク属の一年生草本。中国の原産で、一八世紀前半にヨーロッパにもちこまれた。「庭園のアスター」の名がしめすとおり、主に園芸用として栽培され、広まった。高さは二〇センチメートルから一メートルにおよび、夏に紫色、淡紅色、白色などの大頭状花を咲かせる。

ドイツ語で「アスター」の名を含んでいる品種が、実はアスター属に含まれていないという例は、ほかにもみられる。チョウセンノギクとともに、日本の栽培ギクの祖になったといわれるシマカンギクは、やはりアスター属ではないが、ドイツ語で「冬のアスター」とも呼ばれる。

シマカンギク キク科キク属の多年生草本。一八世紀末にヨーロッパに移入されたといわれているが、ようやく十九世紀中葉にもたらされたという記述もある。耐寒性の強い宿根草で、葉には欠刻があり、黄色の舌状花がならんでいる、頭花と呼ばれる部分の内部に、数百の小花が密集している。その遅い開花時期から、「万霊節のアスター」とも呼ばれ、万霊節（十一月二日）に墓所を飾るのにもちいられることから、死者の追憶を象徴するようになった。

「宿根草」と「アスター」は、あるいは「流浪」する者として、あるいは「拒絶され」ながら、新たに仲間に「くわわってくる」者として、擬人化され、寓意化されている。エゾギクにせよ、シマカンギクにせよ、アスター属でないにもかかわらず、「アスター」として同一化されるのは、それが「星」を意味するギリシア語に由来していることにくわえて、視覚的にも「星」を連想させるからだろう。「流浪」する者、「拒絶され」て、目印として衣服に黄色い「星」を縫いつけることを強いられた者とは、いうまでもなくユダヤ人である。

ここでは、「アスター」を特定の種に限定することなく、アスター属であるか否かにもこだわらずに、冬、ユダヤの星、そして、死者にかかわる観念連合を喚起する形象として、解釈してみよう。その際に、おなじようにユダヤ人を寓意するとしても、そのなかで「流浪の宿根草」と「アスター」を弁別し、差異化することはできる。「成育に不利な条件下では」球根として、他の土地でかろうじて生きのびた「流浪の宿根草」と、おなじ「宿根草」であるとはいえ、「地上部が枯死し」てしまった「アスター」を。いいかえれば、生き残ったユダヤ人と、すでに死者と化しているユダヤ人を。

この「流浪の宿根草」は、ある仕方で言葉を語っている。それがみずからの内奥から語りでるという仕方においてではなく、数ある既成の「言説のひとつをとらえる」という仕方でしかなされえないとすれば、それは、不定代名詞によって韜晦されているとはいえ、「かつて歌をうちこわした者」としての「おまえ」の、ひいては匿名の「私」の、その過去の閲歴に発しているにちがいない。しかし、ツェラーンがつぎのように書いたのは、それほど昔のことではなかった。

灰黒の荒地にかかる
糸の陽。
ひとつの樹
さながら高く生いたつ思惟が
光の音色をつかみとる。なお
歌をうたうべきだ、人間たちの
彼岸で。

「歌」は、「言説のひとつをとらえる」のではなく、「光の音色をつかみとる」ことによって、成就するはずだった。「灰黒の（*grauschwarz*）荒地」が、アウシュヴィッツ（*Auschwitz*）を、「人間たちの／彼岸」、すなわち、ひとでなしの、人非人の領域を暗示しているとすれば、ツェラーンのこの詩行は、アウシュヴィッツ以後に詩を書くのは野蛮だとする、アドルノの措定にたいする反措定としての意味をもっていたにちがいない。しかし、ここでの「おまえ」は、すでに「歌をうちこわし」てしまっている。その自己否定的な営為は、そもそも「流浪の宿根草」という、その存在様式にかかわっていることを憶測させもするだろう。そして、もはや歌うこともない、そうした「言説」のありように、死者の記憶が「くわわってくる」のも、故なしとしない。なお生者であるはずの「おまえ」は、すでに死んだようにして生きているのだから。

「流浪の宿根草」が語りかけることを仮定されている「杖」とは、おそらく旧約聖書の記述を示唆している。エジプトを脱出してのち、イスラエルの十二の支族のあいだで、祭司アロンにたいする謀反が生じたとき、神エホバは、モーセを介して、巴旦杏の枝でできた十二本の杖に、それぞれ支族の長の名前を記したうえで、「律法の櫃」の前に出しておくように命じたという。それについて、「民数紀略」第一七章八節には、こう書かれている。

斯てその翌日モーセ律法の幕屋にいりて視るにレビの家のために出せるアロンの杖芽をふき蕾をなし花咲て巴旦杏の果を結べり[一九]

したがって、ここで暗黙のうちに前提されているのは、またしても「巴旦杏」である。イスラエルの神の祝福を意味するはずの、その開花、結実は、「眼を奪う眩惑」と表現される。「おこるはずもない」と訳した動詞 ausbleiben には、はたして「(播種された植物が) 成育しない」との語義も含まれている(二〇)。「巴旦杏」の花が、「出エジプト記」では「メノーラ」の蠟燭の炎に擬せられていたように、かりに開花するとすれば、その「眩惑」は、こちらも扁桃眼をそなえているにちがいない「その者」の「眼」を、文字どおり「奪う」ことになるだろう。「眩惑する、眼を奪う (blenden)」という動詞には、「(刑罰として) 眼を抉りだす」という古義もある。つねに眼覚めていることを強いられた扁桃眼は、ついに盲いることによって、その不安から解放されるはずである。そのように希求されながらも、すでに断念されてしまっている秘儀は、しかし、「その者」に拒まれているばかりではなく、およそ「すべての人々」に、もはや「おこるはずもない」出来事である。そして、この断念は、さきに引いたツェラーンの詩の言葉をかりるならば、また新たな「巴旦杏の夢」をはぐくむことになる。もはや「すべての人々」のためではありえない「夢」を。

地中海地方の植物相に属する／盲いることを強いられ、あるいはみずから希求する扁桃眼としての果実(2)

さきにふれたように、一九六九年九月三十日から十月十七日にかけて、ツェラーンは、イスラエルを訪れているが、それに先だつ一九六八年九月に成立していた「巴旦杏になりゆく女よ」は、旅から戻った直後に書かれた「イェルサレム詩編」の、その冒頭におかれている。

巴旦杏になりゆく女よ、おまえはなかばしか語らぬままに、
すでに萌芽のうちから、その全身をおののかせていた、
そのおまえを
私は待たせた、
おまえを。

そして、私は、
まだ眼を
摘まれていなかった、
歌の星座のなかで、まだ棘をそなえていなかった、
このようにはじまる歌、
ワレヲ容レヨ、と。

「巴旦杏になりゆく女（Mandelnde）」というネオロジスムは、「巴旦杏（Mandel）」という名詞を動詞化したうえで、それをさらに現在分詞化し、あらためて名詞化して構成されている。ユダヤ人の標徴として、固定して認知された形象が、変容しつつ、新たな展開のなかにおかれるかのように。ユダヤ人であることは、人種の自然的、身体的条件に支配されながら、「巴旦杏になりゆく」、ひとつの成育、成長のプロセスとして理解される。しかし、それは、すべてにおいて調和のとれた経過をしめす

わけではない。たとえば、この「おまえ」は、かつておぼつかない言葉で、「なかばしか語ら」なかった、という。すでに述べたように、「巴旦杏」、すなわちアーモンドは、早春に葉よりも花がさきに芽をふくことから、ヘブライ語で「眼覚めている樹」と呼びならわしていた。「なかば」未生で、「なかば」生成しつつある言葉が、遅れてやってくる葉に仮託されているとすれば、ここで「萌芽」といわれているのは、おそらく「花芽」を意味していることになるだろう。

花芽　種子植物の側芽のうちで、やがては葉や茎になって、栄養枝をつくる芽を葉芽と呼ぶのに比して、いずれ花になり、生殖枝を形成する芽を花芽という。

そして、「おまえ」が「すでに萌芽のうちから」、すなわち「花芽」として、「その全身をおののかせていた」とすれば、それは、早くも「眼覚め」つつあった、ユダヤ人として生存することの不安だったのだろうか。それとも、もしかして自然のおもむくままに発現する、早熟な官能そのものでもあったのだろうか。

他方、「私」にしても、みずからが「巴旦杏」である。「眼を」、扁桃眼を、「摘まれ」ること、すなわち盲いること、そして、「棘をそなえ」ること、すなわち「ユダヤ人の王」キリストのように荊冠を強いられることは、とりあえずはユダヤ人の歴史上の受難を物語っている。「私」は、通過儀礼でもあるかのようなこの受難を、「まだ」経験していなかった。「巴旦杏」は、バラ科に属しているが、「棘をそなえて」いない。グリムの大辞典を繙いてみると、樹木に関して「棘をそなえる」とは、「成育する」の意であるとして、ペスタロッツィの教育学の著作から、ひとつの用例が引かれている。(二一) その扁桃眼を「摘まれ」るには、そもそも結実することが前提とされているように、かくのごとく「棘をそなえ」ることも、ある成熟を意味することになる。おそらくは死においてはじめて達せられるのであろう、そうした成熟を。

そのとき、「眼」を「摘まれ」るという、不可視の存在によって毀傷される過程は、さきの詩の「眼を奪う眩惑」とおなじように、ある合一のための条件として受容される。扁桃眼は、「摘まれ」ることによって、より大きな扁桃眼に、「巴旦杏になりゆく女」のなかに、回収されていく。そのとき、「巴旦杏」のイマージュは、おそらくは女陰としても表象されているのだろう。はたして「ワレヲ容レヨ」というヘブライ語の引用は、東欧出身のイスラエルの詩人ハイム・ナハマン・ビアリークの愛の詩に由来するという。(二二) ここで「おまえ」と呼びかけられているのは、ツェラーンのチェルノヴィッツ時代の幼友だちで、イスラエル在住のあるユダヤ人女性であるとされている。(二三) 彼女は、詩人のイェルサレム滞在中に、つねに彼に同伴していた。(二四) この詩は、エロス的な合一を予感させつつ、「イェルサレム詩編」のプロローグとして、聖なる都への入城をも準備するかのようである。ある至福へ、あるいはまた、ある死へと。

ちなみにビアリークは、熱烈なシオニストだった。かくして、かつて「人間たちの／彼岸」で「うたうべき」ものとされた「歌」は、いったん「うちこわ」されたのちに、あらためて「歌の星座」としてよみがえることになる。死者たちを寓意する、黄色のユダヤの星をちりばめた「星座」であってみれば、もとより「人間たち」のためではなく、まして「すべての人々」のためでもなく、ひとつの民族のための「歌」として。「私」は、まだそこへ参入することは許されていないにしても。

根をめぐる想念

手折られながら、あたかも生きているかのように表象される花

いわゆる宿根草にこだわりながら、ツェラーンの詩を幾篇か、読んでみよう。つぎに引いた標題のない詩は、『無神の薔薇』に収録されているものである。

押し黙っている秋の香り。あの
アスターが、手折られることもなく
故郷と深淵のはざまを抜けて、おまえの
記憶のなかをよぎっていった。

疎々しい喪失が
姿をそなえて居合わせていた。おまえは、
もうすこしで
生きているところだった。

「秋の香り」は、次行の「アスター」の、原語を直訳すれば「星の花」の、その香りとも読むことができる。しかし、「秋の香り」が複数であるにもかかわらず、「アスター」は単数で、しかもそこには定冠詞が付されている。すなわち、さまざまな「秋の香り」を放つ花々が、おそらくはキク科の秋咲きの花々が、たとえばシマカンギクかユウゼンギクが、咲いているなかで、ある特定の花だけが、「あのアスター」のみが、「手折られることもなく」、「記憶のなかをよぎっていった」のである。それでは、「秋の香り」を放っていた他の多くの花々は、そののち「手折られ」てしまったのだろうか。「秋の香り」には、はたして死者を連想させる、「押し黙っている」という形容が与えられている。

しかし、それが宿根草であるとしても、土に根づいているかぎり、球根植物でないかぎりは、「よぎって」いく、すなわち移動していくはずはないだろう。もしそれが、あくまでも「手折られ」ていないとすれば。いや、そうではなくて、この「アスター」も、現実にはやはり「手折られ」てしまっているにちがいない。その「故郷」に、なおも根を宿しながら。それが「手折られ」ていないのは、「おまえの／記憶のなか」においてのみ、そうであるにすぎない。この「アスター」は、「故郷と深淵のはざま」をくぐり抜けていく。すなわち、「おまえの／記憶」は、「故郷と深淵」を、二つながらにかかえこんでいることになる。そうだとすると、「アスター」と「おまえ」は、「故郷」をおなじくする同胞として、ともに「深淵」をも経験したのだろうか。

第二連の「おまえは、／もうすこしで／生きているところだった」という奇妙な措辞は、文法的には、ドイツ語の非現実話法として慣用的に使われる表現ではある。ただし、通常ならば「おまえは、もうすこしで死んでいるところだった」とでもいうべきところを、あえてアイロニカルに顚倒させているのだが。それでは、「おまえ」は、死者なのだろうか。いや、そうではないだろう。なぜなら、「おまえ」は、「記憶」をそなえているのだから。生者とは、あくまでも「記憶」する存在であり、死者とは、それに反して、「記憶」されるばかりの存在である。むしろ死者として寓意されているのは、現実には「手折られ」ながら、「記憶」のなかでは「手折られ」ていない「アスター」のほうである。そこに成立しているのは、生と死との、実体あるものと実体なきものとの関係を逆転させる、「記憶」に固有のパラドックスにほかならない。死者であれば当然であるはずの「喪失」が、そのまま生者さながらに「姿をそなえて居合わせていた」という、この「アスター」が獲得してしまっている、アレゴリーに特有の「疎々しい」実体性は、すでに死者のようにして命を長らえているにすぎない「おまえ」をも、「もうすこしで／生きている」までに、衝迫することになる。死者の列につらなる、そうした仕方で「生きる」ことへと。

それにひきかえ、他の無数の死者たちは、「秋の香り」を放ちながら、「押し黙っ」たまま、もはや「おまえ」に、すなわち「私」に、何も語りかけてこないようにみえる。しかし、「香り（*Geriche*）」の音韻から連想される「噂、風聞（*Gerüchte*）」の語は、もともと「呼ぶ、叫ぶ（**rufen**）」と語源をおなじくしていた。「押し黙っている（*stumm[e]*）」という形容詞は、対極としての「声（*Stimme*）」を想定している。そのようにして、「秋の香り」は、「秋の叫び声」は、「押し黙っている」からこそ、いよいよ声高に「叫び」はじめる。またしてもひとつの逆説として。

いずれの植物相にも属していない／球根植物として、ひとつの生存様式を寓意する花（1）

つぎにあげる詩は、『罌粟と記憶』からのものだが、『骨壺からの砂』にすでに含まれてもいた。

フランスの思い出

思いだしてみよう、パリの空、大きなイヌサフラン……
ぼくらは花売り娘から心を買った、いくつも、
そいつはみんな青いろで、水のなかで花が咲いた。
部屋のなかで雨が降りはじめると、
われらが隣人、痩せた小男、ムッシュー・ル・ソンジュがやってきて、
ぼくらはトランプをしたものだ。ぼくは瞳をとられてしまう、
おまえは髪を貸してくれる、ぼくはそれもなくしてしまう、彼はぼくらを打ち負かした。

彼が戸口から出ていくと、雨があとについていった。
ぼくらは死んで、そうしてまだ息をしていた。

まず「イヌサフラン」から。

コルキカム　ユリ科コルキカム属の多年生草本で、イヌサフランの別称がある。ヨーロッパ原産で、ヨーロッパ、北アフリカに分布する。薬用ないし観賞用にもちいられ、土や水を欠いたままでも開花することのできる球根植物である。秋に、みごとな藤紫色あるいはピンク色の花を咲かせ、翌年の春には、長い披針形の葉と実があらわれる。春に結実して、秋に開花するので、あたかも季節が逆転しているような印象を与えることから、「時間をもたぬ（花）」を意味するドイツ語の呼称が生まれた。初夏には枯れて、休眠状態にはいり、地中で鱗片におおわれた茶褐色の球根を形成する。

「イヌサフラン」の花言葉は、「ワガ幸多キ日々ハ過ギ去リヌ」であるという。[一] それは、いかにも若き日の「思い出」にふさわしい。しかし、一見、シャンソン仕立てのこの詩には、苦いイロニーがこめられている。セーヌ川の中洲から発展したパリ市の紋章に、「タユタエドモ沈マヌ」船の図柄がえがかれているように、「大きなイヌサフラン」にたとえられる「パリの空」は、さながら水に浮かぶ球根である。「イヌサフラン」なら、もともと水がなくても花を咲かせることができるだろう。しかし、「ぼくら」が「花売り娘から」金で買う「心」は、「水のなかで」花が咲く、おそらく「水のなか」でしか花が咲かない、水中花のような人工の花である。「部屋のなかで雨が降りはじめる」、「水のなか」で花を咲かせている「ぼくら」の愛の生活も、たぶんそれとかわるところがない。

そこへやって来る「われらが隣人」の「ムッシュー・ル・ソンジュ」とは、いったい何者だろうか。フランス語で「ソンジュ」は「夢」であり、仏和辞典の語義にしたがえば、「夢想、夢幻、夢のような、はかない、疑わしい、非実在のもの」である。「痩せた小男」という風采からして、その「夢」は、いよいよ「はかな」く、「疑わしい」。しかもその「夢」を相手にした「ぼく」の賭は、ことごとく敗北におわる。「ぼく」の「瞳」や「おまえ」の「髪」が、二人の愛の寓意であるとすれば、ついにはそうした関係すら、壊れてしまいかねないほどに。「ムッシュー・ル・ソンジュ」と一緒に「雨」も去ってしまうと、もはや水のない部屋で、「ぼくらは死んで」、しかし、かろうじて「息をしていた」。球根植物の生存様式を、あらためてなぞるように。「イヌサフラン」は、はたして「仮死」の象徴である。(二)

イスラエルを旅しながら、パリの人心の冷たさにひきくらべて、当地の人々の温かい歓迎に感謝していたツェラーンは、思いきってイスラエルへ移住して、「どこかのキブツで」暮らすことを夢みさえしたという。(三)そこで彼が表象していたのは、しかし、いったいどのような生活だったことか。

つぎの詩は、『時の館』に収録されている。

クロッカス、来客用の
テーブルから眺められた。
徴を感受する
ちいさな亡命地、
共有された
ある真実の。
おまえは必要としている、
どの茎をも。

クロッカス　アヤメ科サフラン属の多年生草本の総称。地中海地方の原産で、約八十種を数える。クロッカス類は、すべて球根植物で、地下に茎が肥大した球茎を形成し、水栽培にも適する。日本では、春咲き種をクロッカス、秋咲き種をサフランと呼んでいる。春咲き種は、観賞用に栽培され、高さは五センチメートルから一〇センチメートル。早春に、六弁からなる黄、白、紫の花を咲かせる。

イヌサフラン

編纂者の言にあるように、遺稿詩集『時の館』がほぼ成立順に配列されているとすれば、最後から二つめの位置をしめているこの詩は、ツェラーンがセーヌ川に身を投じる直前、おそらくは一九七〇年四月上旬に書かれたものである。その成立の契機になったのは、あるいは春咲きのクロッカスだったのだろうか。しかし、かりにそうだとして、そこには同時に、秋咲きのサフランの記憶がかさねあわされているように思われる。地中海地方の、とりわけ「地中海東部」の、イスラエルのサフランの記憶が。

サフラン　アヤメ科サフラン属の多年生球根植物。地中海東部の原産で、地中海沿岸からインドにいたる広い地域に分布する。とくにフランス、スペイン、イランで栽培される。高さは約一〇センチメートル。十月ないし十一月に、かなり成長した葉とともに、芳香の強い淡紫色の大輪花を咲かせる。古来より、オレンジ色の花柱枝が薬用、食用、染料に珍重される。

「真実」という名詞には、「共有された」という形容詞がかけられている。それは、ただ偶然に「共有され」ているというにとどまらず、「共有され」ているからこそ「真実」たりうる、ある共同体がはぐくんでいる「真実」である。逆にいえば、「真実」こそが共同体を成りたたしめているのである。

しかし、そこに不定冠詞が付されていることからして、それは、いまだ確固としたものとはなりえていない「ある真実」でもある。あるいは、その「真実」にたいして、詩人の側から何らかの留保が示唆されているのだろうか。あるいはまた、同様にふたしかではあるにせよ、ある希望が仮託されているのだろうか。

そのように「共有された／ある真実」によって内的に結びついている共同体の生存は、「ちいさな亡命地」によって、外的に条件づけられている。そうした「ちいさな亡命地」の表象を喚起するのは、「来客用のテーブル」から「眺め」られた「クロッカス」である。それは、球根の状態にとどまっているのだろうか、それともすでに花が咲いているのだろうか。ともあれそれは、球根さながら、ある土地からべつの土地へと運ばれていく定めにあったからこそ、「ちいさな亡命地」とよばれているにちがいない。それは、イスラエル国内ないしその周縁に位置するキブツだろうか。

さきに述べたように、クロッカスの球根は、「茎が肥大した球茎」である。ここでは、ことさらにそれを「茎」と呼ぶことによって、地中にあるべき根から生じた植物であるという事実が、あらためて強調されている。そして、どの「茎」をも、「おまえ」は「必要としている」、という。すなわち、「おまえ」は、球根のままであれ、空中にのびていく茎であれ、分け隔てすることなく、どのような生存様式をも許容し、かつ「必要としている」のである。

ここで「おまえ」と名ざされているのは、「クロッカス」であると同時に、「私」でもある。ツェラーンの詩において、いつもそうであるように、「私」が二人称化されるときには、そこには距離をおいたイロニーが作用している。おそらくは「私」の生存様式にたいして。「私」にしたところで、とりあえずは不定冠詞が付されていて、そのかぎりではいまだ定かならぬ、ある「真実」を、やはりみずからの生存の根拠としているのだから。生きるためにこそ、「私」は、同胞を、いかなる生存様式によっても生きている同胞を、「必要としている」のだから。

しかし、この「クロッカス」は、「来客用のテーブルから眺め」られている。ドイツ語で「来客用の」にあたる形容詞は、「客を厚くもてなす」と訳すこともできる。「私」は、なるほど歓待されているのだが、しかし、所詮は外来の客、「来客」であって、その「ちいさな亡命地」からすれば、一人の局外者である。「真実」が強いる共同体に帰属していないからこそ、「私」は、そうした「真実」を、一層、「必要としている」。ツェラーンが一九六九年十月十四日にテル・アヴィヴでおこなった『ヘブライ語作家同盟での挨拶』にも、はたして「真実」と「必要としている」という、この二つの語彙が使われている。

私は、皆様のもとへ、イスラエルへと、やってまいりました。といいますのも、私がそれを必要としたからです。ごくまれに、何かしらある感覚に襲われるように、あらゆることを見聞したいまになって、正しいことをしたのだという感情が、私を支配しています。それがただ私一人にとっての正しさではないことを、私は望みます。ユダヤ的な孤独がどのようなものでありうるか、それについて、私はひとつの概念を得たように思います。そして、多くのことのただなかにあって、わが手で植えたありとあらゆる緑、この地を通りかかるすべての人々に、生気を回復させるよう用意されている緑にたいする、感謝にみちた矜持を、私は理解します。私は、新しく獲得された、みずから感じとられ、満たされたあらゆる言葉、それに向きあった人を力づけるために、急いでやってくる、こうした言葉にかかわる歓びを、どれほど理解しつつあることでしょう。いたるところで増大しつつある自己疎外と大衆化の現代にあってこそ、私はそのことを理解するのです。そして、私は、ここで、この外なる風景、内なる風景のただなかにあって、真実が強いる責務について、おのずからなる明証性について、大いなるポエジーの、世界にひらかれつつも保持される一回性について、多くのことを眼のあたりにしています。そして、私は、人間的なるものにおいて自己を主張する、悠揚迫らぬ、信頼に値する決断とも、心をひらいて語りあうことができたと信じているのです。私は、こうしたすべてのことにたいして感謝します。私は、皆様方に感謝いたします。

ツェラーンは、「ユダヤ的な孤独」と「わが手で植えたありとあらゆる緑にたいする、感謝にみちた矜持」とを並列させて語っている。そこでは、イスラエルにおける生活が、他の民族から孤立した「孤独」なものでありながら、外来者に新たな生気を与えてもくれる、大地に根ざした生、球根とはまた異なったみずみずしい植物的な生として理解されているのである。そして、それこそが「新しく獲得された言葉、みずから感じとられ、満たされたあらゆる言葉」、すなわちヘブライ語を保証する、その根拠ともなる、という。

しかし、こうした発言をもってして、ツェラーンがイスラエル国家にたいして、全面的な支持を表明したと考えるのは、すこし早計だろう。たとえば「ちいさな亡命地」では、こうした「言葉」は、まだ、あるいはもはや、十全に生きてはいない。そこで「感受」される「徴」とは、「言葉」にならない「徴」であり、そのかぎりにおいて、読みとりがたい暗号にほかならない。

あるいは、「記号」とも訳せるこの「徴」とは、句読点のごときものだろうか。ビューヒナー賞受賞講演のなかで、ツェラーンは、ゲオルク・ビューヒナーの作品に関連して、「不可視のままに、言葉たちにたいしてほほえみかけていた引用符」について語っていた。「いくらかおずおずと、みずからと言葉たちとを超えたあたりに耳をすましている、そうしたものとして理解されることを希求してもいる、これらの引用符」について。「不可視の」句読点とは、それ自体、いかなる音価をも意味をも保有していない、それでいて、言葉を区切り、言葉を途切れさせることによって、言葉を成立させ、語らしめる沈黙の謂である。それを聴きとることができるのは、「客」として歓待されながら、イスラエル国家のただなかに、あるいは周縁に、「共有された／ある真実の／ちいさな亡命地」を認める、詩人の注意深さである。行分けせずに「共有された／ある真実」と書くときに、私たちが余儀なく介入させることになるスラッシュの沈黙を、おそらくはすでに聴きとってしまっているであろう詩人の。

抒情詩のアレゴレーゼ

ツェラーンの遺稿のなかに、原稿として完成していながら、公にされることなくおわった一編の詩が含まれている。その詩行は、ツェラーンには希有なまでの平明さをしめしているという点でも、特異なものである。

門をかけよ。家のなかには
薔薇がある。
家のなかには
七つの薔薇がある。
家のなかには
七本に枝分れした燭台がある。

私たちの
子は
それを知りつつ、そして、眠っている。

平穏な家庭の光景ではある。しかし、「七つの薔薇」という言葉は、「七つの薔薇だけ遅く」という詩行を、ひいては「日々、真実に、いよいよ真実に／皮を剝がれていく、私の薔薇の／晩さ」という詩行を、思いおこさせるだろう。そこにはや感知される不安は、「七本に枝分れした燭台」、すなわちメノーラの存在によって、いよいよ増幅されていく。「門をかけよ」と語りはじめる、それは、すなわちユダヤ人の不安である。

この九行からなる第一連は、そのまま反復されて、この詩の最終連を構成している。そして、その間に、例によって非公然の言説であることを示唆する、括弧にいれられた詩行が挿入されているが、それは、実に九連、六十五行におよんでいる。ここでは、その一部を引いてみることにしよう。

（遠く、ウクライナの
ミハイロフカで、
彼らが私の父母を打ち殺した場所に、何が
そこに咲いていたのか、何が
そこに咲いているのか。どの

花が、母よ、
そこであなたに苦痛を与えたのか、
その名前によって。

母よ、あなたに。
そのあなたは、狼豆といった、けっして
ルピナスとはいわなかった。

「ミハイロフカ」は、ウクライナの地名で、詩人の両親が殺された強制収容所の所在をしめしている。
他方、「ルピナス」について。

ルピナス　マメ科ハウチワマメ（ルピナス）属の総称。約二百ないし三百種を数え、主に一年生ないし二年生の草本だが、なかには多年生の草本や、灌木も含まれる。葉は掌状で、さまざまな色の蝶形花をつける。観賞植物として愛好されるが、農耕、畜産にも有用で、緑肥、根粒菌による窒素の供給、青刈飼料などに役だてられている。種子にルピニディンと称する有毒のアルカロイドを含むものが多く、家畜、とくに羊の「ルピナス中毒症（Lupinose）」の因となるが、種によっては、除毒して人間の食用にも供される。

「ルピナス」の名は、ラテン語で「狼」を意味する語に由来している。ドイツ語への借用語である「狼豆（Wolfsbohne）」は、グリムのドイツ語辞典によれば、一五世紀にまで遡りうる古語[一]だが、詩人の母が少女時代を過ごしたボヘミアのズデーテン・ドイツ方言に残っているという。[二]
あるいはこうした事象を、とりあえずは事実の換喩的連関にそって、もはやいかなる意味でも詩ではありえない領域へと移項していくことは、いたって容易である。ミハイロフカの強制収容所の生活について、たとえばつぎのように書かれている。

> 一日に一度、与えられるスープには、水のほかには、家畜の飼料にもちいられるヒヨコマメしか含まれていなかった。ヒヨコマメは、それのみを単独で食物として摂取すると、筋痙攣、四肢の麻痺、膀胱障害、皮膚の壊疽をひきおこしたりした。[三]

トランスニストゥリアにおける「ヒヨコマメ病（Lathyrismus）」に関して、アルトゥール・ケスラー医師によって調査がおこなわれ、その結果は、一九四七年にバーゼルの医学雑誌に公表されたが、それによると、「多くの患者」に「重度の障害」を残したという。[四]
かくして読者は、ここであらためて、ひとつの隠喩的連関に眼をむけることになる。「ルピナス」の範列につらなる、いまひとつのマメ科の植物に。

ヒヨコマメ　マメ科ヒヨコマメ属の一年生ないし多年生草本、あるいは亜低木。十五ないし二十種を数え、地中海地域から中央アジア、西シベリアに分布する。白色ないし菫色の蝶形花で、羽状複葉をなしている。エンドウと同様に、種子を食用にする種もあり、古来から各地で栽培されている。

「ルピナス」と「ヒヨコマメ」。「ルピナス中毒症」と「ヒヨコマメ病」。読者は、この二種類のいずれもマメ科に属する植物とその薬理作用とを、観念において同一化しようとして、しかし、そこになおも残存する差異に苛だちながら、もともと一様でないテクストを併せ読むことになるだろう。詩であるはずのテクストと、まちがいなく伝記であるテクストとを。

しかし、抒情詩ではほとんど常套ともいいうる、そうした植物の花の形状や色が、この詩のテクストのなかで表象されているわけではない。「種子に有毒のアルカロイドを含む」という、その性質が、ひとつの邪悪なコノテーションとして共振しているとしても、ここでまず問われているのは、「その名前」であり、複合名詞である「名前」のなかにひそんでいる「狼（Wolf）」という語なのである。決定稿では削除されているが、あるヴァリアントに、つぎのような詩行が残されている。

狼豆といったあなた、
狼壕を掘った彼ら。

「狼壕（Wolfsschanze）」とは、第二次大戦中に東プロイセンのラステンブルクに設置されていた総統本営の名称である。それがナチス・ドイツの東方侵略の前線基地として機能していたことからしても、「狼」という隠喩が両親を殺した「彼ら」、すなわちナチを、ひいてはネオ・ナチを、さしていることは、疑う余地がない。「狼豆」から「狼」へ、「狼」からナチないしネオ・ナチへ。またしても、自然は歴史へと解体されていく。それは、「薔薇」や「エニシダ」や「桜」のように、毀傷される身体として表象される花々にとどまらない。身体を毀傷する「狼豆」もまた、解体されるのである。ひとつの寓意、アレゴリーであればこそ。

＊

この詩は、当初、『フィッシャー年鑑』に寄稿するために書かれたが、掲載を拒否される結果になった。フィッシャー書店の編集者であるルードルフ・ヒルシュに宛てられた、その措置を了承する旨の手紙のなかで、ツェラーンは、これは「そもそも詩ではない」という、友人のクラウス・デームスの言葉を引いている。そして、それが「私的なままにとどまって」いることを、彼自身、認めながら、原稿を返却して、それを「私的なもののなかへ帰してやって」くれるようにと、ヒルシュに乞うのである。

しかし、これらの詩行が「私的」であるがゆえに「詩ではない」とすれば、ツェラーンの作品の多くが、そうした嫌疑をうけるのではないだろうか。すくなくともツェラーンの多くの「詩」が、あるいは彼のすべての「詩」が、「詩ではない」ものを含んでしまっていることにならないだろうか。それは、無視できない問いである。なぜなら、この「詩」のなかには、つぎのような自己言及的な言葉が書きとめられているからである。

母よ、彼らは詩を書くのです。
母よ、彼らは詩を書きはしませんでした、
これが詩でないというのでしょうか、
私の書いたものが、
あなたのために、
あなたの
神の
ために。

「彼らは詩を書きはしませんでした」の一行を、読者は、なにげなしにただの直説法の過去時称として読んでしまうだろう。「彼らは詩を書くのです」という、直前の一行との論理的矛盾にとまどいながらも。しかし、接続法で書かれているつぎの行へ視線を移すとともに、さきの文もまた、接続法、つまり事実に反する仮定的表現ではなかったのかという疑念に、ふととらわれることになる。あるいはこれは、詩人の意図した両義性なのだろうか。たとえば、こんなふうにも読めてくる。「彼らは詩を書いてなどいないでしょう」、もし「私の書いたもの」が「詩でないというのなら」、ましてや「彼ら」の書くものなど、と。「彼ら」の「書く」ものは、「詩」でありながら「詩」ではない。この撞着語法にたいして、「私の書いたもの」こそが「詩」ではないのかという内心の問いもまた、非現実話法のなかにかこいこまれている。二様の「詩」は、相互に差異化されながら、しかし、やはり「詩」である資格を留保されている。それぞれが裁かれる審級は、異なっているにせよ。それではツェラーンにとって、「詩」とは何だったのだろうか。

ツェラーンの詩論には、つねにある二項対立が措定されているように思われる。すなわち、通常の用語法において「詩」であるところの、しかし、実は「詩」などではない、ツェラーンの用語法におけるところの「芸術」と、それから、「私的」であるがゆえに、もともと「詩ではない」ものと。いずれにしても「詩ではない」、この二項がある地点においてたがいに交叉する、そのときに、一瞬、現象してくるものが、ツェラーンのいうところの「詩」にほかならない。「詩」は「言葉」ではない、「言葉の現象形態」である、[五]とするツェラーンの発言は、そうした文脈において理解することができる。「詩」は、毀傷としてのみ、不可視の痕跡としてのみ、テクスト上において作用する。「狼豆」と題する「詩」が「詩ではない」のは、その意味では当然のことだった。そこでは、後者の「私的」であるがゆえに「詩ではない」ものが、それ自身、実体と化してしまっていて、前者の「詩」ではない「詩」が、すなわち「芸術」が、はじめから欠落してしまっていたのだから。

すでに言及したマラルメの『詩の危機』のなかに、こんなパッセージがある。「たとえば私が、花！　という」、そうすると、「存在しない花」、「観念そのものである花が、音楽的にたちのぼってくる」、と。[六]マラルメの詩語が非在の「花」を現前させるのに比して、ツェラーンの詩語は、その名称を名ざすことによって、実在さながらに現前させた「花」を、しかし、その都度、その手ではや死にいたらしめている。それを、サンボリスムを徹底することによる、サンボリスムの破壊と呼んでもいいだろう。ビューヒナー賞受賞講演『子午線』のなかで、「芸術」のテーゼと対峙しながら、ツェラーンは問いかけていた、「マラルメを徹底して最後まで考えるべきでしょうか」と。「最後まで」とは、単なる期限の設定ではない。マラルメの美的仮象を「徹底して考える」ことによって、それこそ「最後」にしてしまう、との謂である。はたして『子午線』の草稿には、「マラルメを徹底して死にいたらしめるまで考える」とも書かれていた。

ツェラーンにおける植物の形象は、それ自身、依然としてひとつの美的仮象として、しかしまた同時に、美的仮象にたいする致死的なシステムとして、読者の眼前にたちあらわれる。このシステムこそ、寓意、すなわちアレゴリーの別称である。そして、読者のほうも、またしても美的仮象にかかわりながら、それにふさわしい、やはり致死的な読解のシステムをつくりあげなければならない。ひとつのアレゴレーゼとして。

＊

ヴァルター・ベンヤミンは、『ドイツ悲劇の根源』のなかで、寓意を駆使するバロック期の詩人たちにとって、「自然」が「偉大なる師」でありつづけた事情について語っている。それもその萌芽と開花のさまにおいてではなく、爛熟と凋落の相においてこそ、そうでありえたという。(七)しかし、アレゴリーの暴力が「自然」におよぶとなれば、それは、元来、その時期をえらぶこともなかった。その恰好のモデルを提示してくれるのは、ほかでもない、またしても旧約聖書である。「イザヤ書」第四〇章六節以降で、バビロンに捕囚されているユダヤの民にむかって、匿名の預言者がこう語りかけている。

聲きこゆ云《いは》く　よばはれ　答へていふ何とよばはるべきか　いはく人はみな草なり　その栄華《はえ》はすべて野の花のごとし　草はかれ花はしぼむ　エホバの息そのうへに吹ければなり　實《げ》に民はくさなり　草はかれ花はしぼむ　然どわれらの神のことばは永遠にたたん（八）

このテクストは、およそ全称命題にみちている。命題「その栄華はすべて野の花のごとし」が直喩であるからして、それに先だつ命題「人はみな草なり」もまた、おそらく隠喩にすぎないと考えられるだろう。しかし、「草はかれ花はしぼむ」と執拗に反復される、二文からなるあらたな命題は、隠喩を構成するところの差異をはらんだ類似性の原理をこえて、いまや同一性の原理を要請しはじめる。それは、一般化する命題「人はみな草なり」にとどまらず、特殊化する命題「實に民はくさなり」を成立させるための前提なのである。擬人法を逆転させて、人間の特定の集合である「民」を植物に貶めようとする、ことさらに受難のさなかにあるユダヤの「民」を、「エホバの息」によって枯死せしめられる草本とひとしなみにする、そうした底意をもって。「エホバの息」は「草」を死にいたらしめる、「民」こそがその「草」である、したがって「エホバの息」は「民」を死にいたらしめる。これは、「草」と「花」ばかりか、「民」をも死にいたらしめる不条理を、「エホバの息」のみわざとして正当化する三段論法である。そもそも「イザヤ書」第四〇章以下は、従来から弁神論のひとつの典型と見做されてきた。悪の跳梁を「神」の正義が許容しているかにみえる、そうした事態を弁護し、弁証するものとして。それは、一見しての悪を救済史の一齣として了解するための、いわば不可欠の手続ではある。しかし、ここで暗示されているのは、「エホバ」が「息」を吹きかけることによって、みずから行使する、あからさまな暴力なのである。

この「イザヤ書」の記述から、ためしに「エホバ」ないし「神」という語を削除してみると、いったいどうなるだろうか。それは、救済史という枠組をはずすことを意味する。そこに読みとれるのは、「息」と称される不可知の作用によっておよぼされる理不尽な暴力と、そして、事後における「ことば」の永続的な支配である。「息」という自然的な隠喩によって隠蔽されてはいるものの、暴力と言語が所詮は歴史的範疇であるのに比して、「草」と「花」に同一化されるからには、身体的存在である「民」は、まちがいなく自然の範疇に属しているといっていいだろう。すなわち、はからずも「イザヤ書」の匿名の預言者は、歴史が自然を侵犯する、そうした契機を物語ってしまっていることになる。

『ドイツ悲劇の根源』には、つぎのような一節がある。

悲劇とともに歴史が舞台に登場するとき、歴史は文字と化している。自然の相貌には、無常の象形文字で「歴史」と書かれてある。(九)

そして、ベンヤミンは、複合名詞である「自然史(Naturgeschichte)」をあらためて分割しつつ、

「自然＝歴史（Natur-Geschichte）の寓意的相貌」に言及する。彼は、「自然史」をもはや「自然」の「歴史」というにとどまらず、「自然」のなかに「歴史」が顕現してくる局面として規定するのである。その「歴史」が、衰微していく「自然」のなかに、「象形文字」として浮かびあがってくるかぎりにおいて、それは、やはり「自然誌」の語義を残している。「自然」について記述するとは、同時に「自然」のなかに刻まれている「歴史」を読みとることにほかならない。

ツェラーンは、ベンヤミンの著作を、かなり早い時期から読んでいた。とりわけ『ドイツ悲劇の根源』に集中してとりくんでいたことは、蔵書に残されている書きこみやアンダーラインの多さから推測されるという(一〇)。ドイツ・バロック悲劇において、救済史が受難史に退行してしまっている事態をふまえながら、ベンヤミンが髑髏について語っているつぎのパッセージを読めば、それは、あたかもツェラーンの詩作品について、そのフローラのありようについて、論じているもののように聞こえもするだろう。

……そこでは、ただたんに人間存在の本性のみならず、一個人の伝記的な歴史性が、のこりなく自然に支配されつくしているその形姿において、意味深くも謎めいた問いとして語りだされてくる。これこそが寓意的な観察の、歴史を世界の受難史と見做すところのバロック的、世俗的な解説の、その核心なのである。世界が意味をもちうるのは、その凋落の宿駅においてのみである。かくも多くの意味が、かくも多くの死の手におちた物象が、そこに存在するのも、ピュシスと意味とのあわいに、死がこのうえもなく深く鋸歯状の分割線を刻みつけているがゆえである。しかし、自然は、もともと死の手中にあるとすれば、もともと寓意的でもある。意味と死は、被造物の恩寵もなき罪の状態において、萌芽として、密接にからみあっているように、歴史的な展開のうちにおいてこそ、成熟させられているのである。（一一）

「ピュシスと意味」が「死」によって、ただ「分割」されるにとどまるならば、「かくも多くの意味」が氾濫するいっぽうで、「ピュシス」は、いかに「凋落の宿駅」にあるとはいいつつも、それなりに生きてはいるだろう。たしかにツェラーンの植物の形象は、依然としてそこに残存している美的仮象を、ときおり揺曳させてはくれる。しかし、他方で「自然は、もともと死の手中にあるとすれば、もともと寓意的でもある」と書くとき、ベンヤミンは、ツェラーンの詩作品に内在しているアポリアを、はからずも先取りしていることになる。植物がもはや美的仮象を喪失して、いれかわりにその名辞が、それだけですでに何か疎々しいものを意味する記号に変化している、「詩」が「詩」でなくなっている、そうした局面を。

「自然」が「かねてから死の手中にある」とすれば、それは、ある出来事を起源として措定しているはずである。「一個人の伝記的な歴史性」に言及するとき、ベンヤミンもそれを意識していたにちがいない。しかし、ツェラーンにおいて読まれるべきは、伝記的なデータとして残されているばかりで、すでに痕跡と化して、およそ遡行しようもない、そもそも「詩ではない」、そうした起源よりも、まぎれもなくそこに「刻みつけ」られている「鋸歯状の分割線」そのものである。べつの箇所で、ベンヤミンは、「批評は作品の壊死である」とも書いている。（一二）「かねてから」作用している「死」に呼応するように、あらためて機能していく「批評」としての「死」。植物分類学であるからには、人種学にも通じかねない、この自然史的ないし自然誌的なレクチュールも、そのひとつの試みにほかならない。

植物分類表

本書でとりあげた植物にかぎり、それぞれの科・属・種にしたがって分類してみた。これは、ツェラーンのある種の狂気を、狂気のフローラを、みずからなぞる試みである。かりにツェラーンの全作品でおなじことを企てたりすれば、おそらくこの倍は優に超えてしまうことだろう。

筆者がドイツ語から直訳した仮の名称は、［……］で表記してある。ラテン語の学名のあとの↓……は、原詩に引かれているドイツ語の名称を、他方、↓〈……〉は、原詩に直接には言及されていない名称を、それぞれ意味している。括弧内の数字は、該当する本文のページをさしている。

詩人が属名のみをあげている場合に、その下位概念として、ある特定の種を暗黙裡に前提しているのか、それともすでに具象をはなれて、そうした集合的な概念を標示しているのか、判断に迷うことが多かった。たとえば「バラ」といった属名は、ツェラーンの詩語が、彼自身、標榜するように、あくまでも具体的な事象に偏執しているのか、それともすでに寓意的な抽象の域にはいっているのか、いいかえればただの名辞になりつつあるのか、その分れ目という意味で、ある危機を、いわば唯名論的な危機を、物語っているように思われる。

その意味で、若き日の女友だちであったエーディット・ジルバーマンが、詩人の死後に、ツェラーンは、詩のなかで名ざしている植物をみずから知悉してもいた、それは、ただの隠喩としてもちいられているのではない、と述

（二）べたのにたいして、詩人の旧友で、妻が植物学者でもあったデームスが、それをはっきり否定したと伝えられていることは、きわめて示唆に富んでいる。

シダ植物

ウラボシ科

エゾデンダ属　*Polypodium*

オオエゾデンダ　*Polypodium vulgare* Linné → Engelsüß（67）

種子植物

アヤメ科

サフラン（クロッカス）属　*Crocus* → Krokus（175）

サフラン　*Crocus sativus* Linné

イネ科

ウシノケグサ属　Festuca

ウシノケグサ（ギンシンソウ）*Festuca ovina* Linné → Hartgras（36）

オミナエシ科

ノヂシャ属　*Valerianella*

ノヂシャ　*Valerianella olitoria* (Linné) Poll. (*Valerianella locusta* (Linné) Laterr.) → Rapunzel（28）

カバノキ科
- ハンノキ属　*Alnus* → Erle（86）
  - ［クロハンノキ］*Alnus glutinosa* Gaertn. → Schwarzerle（86）

キキョウ科
- シデシャジン（フィテウーマ）属（ラプンツェル）*Phyteuma* (*Asyneuma*) → Rapunzel,〈Teufelskralle〉（29）
  - ［ハラーのラプンツェル］*Phyteuma halleri* Allioni

キク科
- キク亜科
  - エゾギク属　*Callistephus*
    - エゾギク［庭園のアスター］*Callistephus chinensis* Nees → Aster（160）
  - アスター（シオン）属　Aster（158）
    - ユウゼンギク［秋のアスター、宿根草のアスター］Aster novi-belgii Linné → Aster, Sternblume（160）
  - キク属　*Chrysanthemum*
    - シマカンギク［万霊節のアスター］*Chrysanthemum indicum* Linné → Aster（161）
- タンポポ亜科
  - タンポポ属　*Taraxacum* → Löwenzahn（72）
    - セイヨウタンポポ　*Taraxacum officinale* Weber

クワ科
- イチジク属　*Ficus*
  - イチジク　*Ficus carica Linné* → Feige（146）
- クワ属　Morus → Maulbeerbaum（51）
  - クロミグワ　*Morus nigra* Linné

ゴマノハグサ科
- ジギタリス属　*Digitalis*
  - ジギタリス　*Digitalis purpurea* Linné → Roter Fingerhut（68）

シソ科
- イブキジャコウソウ属　*Thymus* → Thymian（35）
  - タチジャコウソウ　*Thymus vulgaris* Linné
- ハッカ属　Mentha
  - チリメンハッカ［ミズハッカ］*Mentha aquatica* Linné → Krauseminze（46）
  - チリメンハッカ（ミドリハッカ、オランダハッカ、スペアミント）*Mentha spicata* Linné → Krauseminze（46）

ツツジ科
- エリカ亜科
  - エリカ属　Erica → Erika（35）
    - カンザキエリカ　*Erica carnea* Linné (Erica herbacea Linné)

ブライアー、［樹のヒース］ *Erica arborea* Linné

トチノキ科

トチノキ属　Aesculus

マロニエ（セイヨウトチノキ、オオグリ、ウマグリ）*Aesculus hippocastanum* Linné → Kastanie 〈Roßkastanie〉（66）

ナス科

マンドラゴラ属　*Mandragora* → 〈Mandragora〉（135）

マンドラゴラ *Mandragora officinarum* Linné

ナデシコ科

ナデシコ属　*Dianthus*

エゾノカワラナデシコ　*Dianthus superbus* Linné → Prachtnelke（29）

バラ科

サクラ亜科

サクラ属　*Prunus*

アーモンド（ヘントウ、ハタンキョウ）*Prunus Amygdalus* Batsch. (*Prunus dulcis* D. A. Webb) → Mandelbaum, Mandel（133）

セイヨウミザクラ（オウトウ）*Prunus avium* Linné → Kirschbaum, Kirsche（118）

バラ亜科

バラ属　*Rosa*→Rose（107）

ヒノキ科

ヒノキ亜科

ネズミサシ属（ネズ）*Juniperus*→Machandelbaum, 〈Wacholder〉（133）

セイヨウネズ　*Juniperus communis* Linné

ブナ科

クリ属　*Castanea*

ヨーロッパグリ　*Castanea sativa* Mill.→Kastanie（66）

コナラ属　*Quercus*

コナラ亜属　*Subgen. Quercus*（オーク）→Eiche（73）

ブナ属　Fagus→Buche（59）

ヨーロッパブナ　*Fagus sylvatica* Linné

［オリエントブナ］*Fagus orientalis* Linné

マメ科

エニシダ属　*Cytisus*→Ginster（113）

エニシダ　*Cytisus scoparius* Link

［イギリスエニシダ］

［ドイツエニシダ］

ハウチワマメ（ルピナス）属　*Lupinus*→Lupine, Wolfsbohne（183）

ヒヨコマメ属　*Cicer*→〈Kichererbse〉（184）

モクセイ科

ハシドイ属　*Syringa*

ライラック　*Syringa vulgaris* Linné→Flieder（125）

ヤナギ科

ヤマナラシ（ハコヤナギ、ポプラ）属　*Populus*→Pappel（79）

ヨーロッパクロヤマナラシ　*Populus nigra* Linné

ウラジロハコヤナギ　*Populus alba* Linné

ヨーロッパヤマナラシ　*Populus tremula* Linné→Espenbaum（72）

ユリ科

コルキカム属　*Colchicum*

イヌサフラン　*Colchicum autumnale* Linné→Herbstzeitlose（173）

ユリ属　Lilium

カノコユリ亜属　*Martagon*

マルタゴン　*Lilium Martagon* Linné→Türkenbund（28）

註

自然史と自然誌のはざまに

（一）主として使用したツェラーンのテクストは左記のとおりである。

Paul Celan: Gesammelte Werke in fünf Bänden (= GW). Frankfurt a.M.: Suhrkamp. 1983.

Paul Celan: Werke. Historisch-kritische Ausgabe (Bonner Ausgabe = BA). z.Z. Bd.6 - 10. Frankfurt a.M.: Suhrkamp. 1990 - 2001.

Paul Celan: Werke. Tübinger Ausgabe (= TA). z.Z. 5 Bde. Frankfurt a.M.: Suhrkamp. 1996 - 2000.

Paul Celan: Die Gedichte aus dem Nachlaß. Frankfurt a.M.: Suhrkamp. 1997.

BAとTAは、まだ完結していない。すでに重複して刊行されている詩集は、一応BAを典拠とした。いずれも未完のもののみ、GWに依拠している。それ以外の版を参照した場合は、その都度、註記してある。

（二）Israel Chalfen: Paul Celan. Eine Biographie seiner Jugend. Frankfurt a.M.: Insel. 1979. S.103f.

（三）Edith Silbermann: Begegnung mit Paul Celan. Erinnerung und Interpretation. Aachen: Rimbaud. 1993. S.42.

（四）»Fremde Nähe«. Celan als Übersetzer. Eine Ausstellung des Deutschen Literaturarchivs. Marbach: Deutsche

Schillergesellschaft. 1997. S.42.

（五）Hans-Georg Gadamer: Wer bin Ich und wer bist Du? Kommentar zu Celans >Atemkristall<. Frankfurt a.M.: Suhrkamp. 1973. S.15.

（六）平野嘉彦「物語の余白に—ツェラーンと〈哲学者〉たち」、『現代哲学の冒険』第八巻『物語』、岩波書店、一九九〇年、三二五ページ以降。「トートナウベルク」は、重複を避けて、本書ではあえて論及しなかった。

（七）『平凡社大百科事典』第一一巻、平凡社、一〇二三ページ。

（八）Johann Wolfgang von Goethe: Italienische Reise. Werke. Hamburger Ausgabe. Bd.11. München: Deutscher Taschenbuch-Verlag. 1981. S.60.

（九）Goethe: Der Verfasser teilt die Geschichte seiner botanischen Studien mit. Werke. Bd.13. a.a.O. S.160.

（一〇）Goethe: Maximen und Reflexionen. Werke. Bd.12. a.a.O. S.471.

（一一）Adelbert von Chamisso: Peter Schlemihls wundersame Geschichte. Sämtliche Werke in zwei Bänden. Bd.1. München: Winkler. 1975. S.24f.

（一二）a.a.O., S.66.

（一三）Chamisso: Reise um die Welt mit der Romanzoffischen Entdeckungs-Expedition in den Jahren 1815 - 18 auf der Brigg Rurik Kapitän Otto v. Kotzebue. Sämtliche Werke in zwei Bänden. Bd.2. a.a.O. S.12.

（一四）Saul A. Kripke: Name und Notwendigkeit. Übersetzt v. Ursula Wolf. Frankfurt a.M.: Suhrkamp. 1993. S.145.

死の香り・死者の声

（一）Marlies Janz: Vom Engagement absoluter Poesie. Zur Lyrik und Ästhetik Paul Celans. Frankfurt a.M.: Syndikat. 1976. S.115.

（二）Stéphane Moses: Wege, auf denen die Sprache stimmhaft wird. In: Amy D. Colin (Hrsg.): Argumentum e Silentio. Internationales Paul Celan-Symposium. Berlin: de Gruyter. 1987. S.49.

（三）植物名に註釈を付するにあたっては、煩を避けて、その都度、出典をしめすことをしなかったが、主として、左記の文献を参看した。

Heinrich Marzell: Wörterbuch der deutschen Pflanzennamen. 5 Bde. Leipzig: Hirzel (Wiesbaden: Steiner). 1943 - 79.

Meyers enzyklopädisches Lexikon. 32 Bde. Mannheim: Bibliographisches Institut. 1971 - 81.

Brockhaus. Die Enzyklopädie. 24 Bde. Leipzig/Mannheim: Brockhaus. 1996 - 99.

林弥栄・古里和夫監修『原色世界植物図鑑』、北隆館、一九八六。

牧野富太郎『改訂版・原色牧野植物大図鑑・合弁花・離弁花編』、北隆館、一九九六。

『平凡社大百科事典』、平凡社、一九八四―八五。

新村出編『広辞苑』、第二版、岩波書店、一九六九。

（四）「だれも……ない」という不定代名詞 niemand が、頭文字を大文字にするだけで、「だれでもない者」という名詞に変容する、この擬人化のレトリックないしトリックは、ツェラーンの場合、直接にはカフカの小品「山中への遠足」に倣ったものだろう。これを含むカフカの四編の小品を、ツェラーンは、ブカレスト時代にルーマニア語に訳している。— Franz Kafka: Der Ausflug ins Gebirge. Erzählungen. Gesammelte Werke in Einzelbänden. Frankfurt a.M.: Fischer. 1965. S.34. — Verzeichnis der Ausstellung zum Bukarester Paul-Celan-Kolloquium 1981. In: Zeitschrift für Kulturaustausch. 32.Jg./3.Vj. Stuttgart: Institut für Auslandsbeziehungen. 1982. S.286.

（五）Theodor W. Adorno: Ästhetische Theorie. Gesammelte Schriften. Bd.7. Frankfurt a.M.: Suhrkamp. 1970. S.477.

（六）Gerhard Wahrig: Deutsches Wörterbuch. Gütersloh: Bertelsmann. 1968. S.636.

（七）『昆虫記』で有名な博物学者ジャン＝アンリ・ファーブルの著作を、ツェラーンは愛読していたが、彼が所蔵していたドイツ語版に収録されているあるエッセーには、形容詞形で「亜低木に属する植物（die halbholzigen Pflanzen）」の語が多くもちいられているとのことである。— Barbara Klose: “Souvenirs entomologiques”. Celans Begegnung mit Jean-Henri Fabre. C. Shoham/B. Witte (Hrsg.) : Datum und Zitat bei Paul Celan. Akten des Internationalen Paul Celan-Kolloquiums Haifa 1986. Bern: Lang. 1987. S.142f.

（八） Charles Baudelaire: Correspondances. In: Les Fleurs du Mal. Oeuvre complétes. 1. Paris: Gallimard. 1975. S.11.

（九） Stefan George: In den totgesagten park. In: Das Jahr der Seele. Ausgabe in zwei Bänden. München/Düsseldorf: Küpper. 1958. S.121.

（一〇）Adorno: George. In: Noten zur Literatur 4. Gesammelte Schriften. Bd.11. 1974. S.529.

（一一）Barbara Wiedemann: Selbdritt, selbviert. In: Jürgen Lehmann (Hrsg.) : Kommentar zu Paul Celans »Niemandsrose«. Heidelberg: Winter. 1997. S.70ff.

（一二）Daniel Sanders: Handwörterbuch der deutschen Sprache. 8.Aufl. v. J. Ernst Wülfing. Leipzig: Bibliographisches Institut. 1909. S.304ff.

（一三）ツェラーンの生家の中庭には、桑の木があったという。— Giuseppe Bevilacqua/Bernhard Böschenstein: Paul Celan. Marbach: Deutsche Schillergesellschaft. 1990. S.27. —またベッティガーは、チェルノヴィッツ市内で、偶然、桑の木をみつけている。— Helmut Böttiger: Orte Paul Celans. Wien: Zsolnay. 1996. S.50.

（一四）Gadamer, a.a.O., S.16.

人々と書物が生きていた土地

（一） Chalfen, a.a.O., S.10.

（二） Bertolt Brecht: An die Nachgeborenen. Große kommentierte Berliner und Frankfurter Ausgabe. Bd.12.

Frankfurt a.M.: Suhrkamp. 1988. S.85.

（三）Baudelaire: Le Confiteor de l'Artiste. In: Le Spleen de Paris. a.a.O. S.278. — Dietlind Meinecke: Wort und Name bei Paul Celan. Bad Homburg: Gehlen. 1970. S.229.

（四）デリダは、「ブナの実（Buchecker）」から「本（Buch）」の「余白（Ecke）」を読みとっている。— Jacques Derrida: Schibboleth. Pour Paul Celan. Paris: Galilée. 1986. S.14.

（五）Gerhard Baumann: „... Durchgründet vom Nichts ...". In: Études Germaniques. 25e Année. N° 3. Paris: Didier. 1970. S.284.

（六）チェルノヴィッツには、マロニエの街路樹がみられたという。— Chalfen, a.a.O., S.22. —「栗」と「マロニエ」のいずれをとるかによって、森林か市街地か、この詩の設定が異なってくる。

（七）Jean Bollack: Paul Celan. Poetik der Fremdheit. Aus dem Französischen v. W. Wögerbauer. Wien: Zsolnay. 2000. S.275.

（八）詩人の女友だちであったルート・クラフトは、この詩の成立を一九四〇年ないしそれ以前と推定している。もしそれが事実とすれば、この詩は、一九四一年七月にはじまるユダヤ人住民の殺害、強制連行とはかかわりないことになる。— Celan: Gedichte 1938 - 1944. Mit einem Vorwort v. Ruth Kraft. Frankfurt a.M.: Suhrkamp. 1985. S.147. — 他方、リスカは、一九四〇年に書かれたと断定しているが、そこに邪悪な「死」の存在を認めて、詩人の残した手帳のなかでは、一九四三年に書かれた詩群にくみこまれていることを指摘している。— Vivian Liska: Die Nacht der Hymnen. Paul Celans Gedichte 1938 - 1944. Bern: Lang. 1993. S.87f. —またフィルジェスは、成立時期に幅をもたせて、一九四〇年から四一年としている。— Jean Firges: Den Acheron durchquert ich. Einführung in die Lyrik Paul Celans. Tübingen: Stauffenburg. 1998. S.24.

（九）Silbermann, a.a.O., S.28.

（一〇）ジャン・ボラックは、ツェラーンの詩作品のなかで、「オーク」の語がこれ以外にはまったく使われていないことから、その葉の形が「軍事的な顕彰のエンブレム」としてもちいられたことにたいする、彼のひそかな忌避をみてとっている。詩人は、オークを、「彼自身」がはぐくんだ「樹木の国」に、とりもなおさず「死者たちの国」に、許容しなかったという。— Jean Bollack: Herzstein. Über ein unveröffentlichtes Gedicht von Paul Celan. Aus dem Französischen v. W. Wögerbauer. München: Hanser. 1993. S.78f.

（一一）Roman Jakobson: Der Doppelcharakter der Sprache und die Polarität zwischen Metaphorik und Metonymik. Übersetzt v. Georg Friedrich Meier. In: Anselm Haverkamp (Hrsg.): Theorie der Metapher. Darmstadt: Wissenschaftliche Buchgesellschaft. 1983. S.173.

（一二）Deutsches Wörterbuch von Jacob und Wilhelm Grimm. Bd.16. Leipzig: Hirzel. 1905. S.592.

（一三）ヴェルナーは、この反復を「第二の死」と名づけて、そうしたツェラーンの詩の機能を埋葬の行為と同一化している。— Uta Werner: Textgräber. Paul Celans geologische Lyrik. München: Fink. 1998. S.26ff.

（一四）Chalfen, a.a.O., S.115.

（一五）Werner Haftmann (Hrsg.): Marc Chagall. Köln: DuMont. 1972. S.118f.

同定・否定・変容

（一）Jakobson, a.a.O., S.173.

（二）Barbara Wiedemann: Warum rauscht der Brunnen? Überlegungen zur Selbstreferenz in einem Gedicht von Paul Celan. In: Celan-Jahrbuch. Bd.6. Heidelberg: Winter. 1995. S.115.

（三）Angelus Silesius: Cherubinischer Wandersmann. Sämtliche Poetische Werke. Bd.3. München: Hanser. 1949. S.39.

（四）この出典は、確かめることができなかった。類似のモティーフをもちいているものに、つぎの作品がある。— Gertrude Stein: The Biography of Rose. In: How Writing is Written. Los Angels: Black Sparrow Press. 1974.

S.39ff.

(五) Paul-Marie Verlaine: L'espoire luit. In: Sagesse. Oeuvres poétiques complètes. Paris: Gallimard. 1962. S.278.

(六) ツェラーンの「讃歌」は、一九六一年一月五日に書かれているが、この時期に彼は、スイスのラロンにあるリルケの墓を訪れている。— Jürgen Lütz: »Der Schmerz schläft bei den Worten«. Freigesetzte Worte, freigesetzte Zeit. Paul Celan als Übersetzer. In: A. Bodenheimer/Sh. Sandbank (Hrsg.): Poetik der Transformation. Paul Celan— Übersetzer und übersetzt. Tübingen: Niemeyer. 1999. S.24f.

(七) Rainer Maria Rilke: Rose, oh, reiner Widerspruch, Lust ... Sämtliche Werke. Bd.2. Wiesbaden: Insel. 1957. S.185.

(八) 草稿では、当初、頭文字は、小文字で書かれていた。— Joachim Wolff: Rilkes Grabschrift. Manuskript- und Druckgeschichte, Forschungsbericht, Analysen und Interpretation. Heidelberg: Stiehm. 1983. S.21. —実際に墓石に刻まれた詩行は、おそらくリルケの意思にかかわりなく、すべて大文字になっていて、この変容は、完璧に湮滅されてしまっている。

(九) ホメロス『オデュッセイア』(上)、松平千秋訳、岩波書店、一九九四年、二三四ページ。

(一〇) Peter Paul Schwarz: Totengedächtnis und dialogische Polarität in der Lyrik Paul Celans. Düsseldorf: Schwann. 1966. S.51.

(一一) Derrida, a.a.O., S.74ff.

(一二) Georg-Michael Schulz: Negativität in der Dichtung Paul Celans. Tübingen: Niemeyer. 1977. S.126.

(一三) リルケの墓碑銘の「瞼(Lider)」の語に、同音異義語の「歌(Lieder)」をかける解釈は、古くからおこなわれている。— Wolff, a.a.O., S.60, S.73, S.164. — 事実、リルケの遺稿のなかに、これをみずからフランス語で「歌(chants)」と訳した草稿が残されているという。— 高安国世「薔薇、おお純粋な矛盾……—リルケの墓碑銘の詩をめぐって—」、『詩の近代』所収、沖積舎、一九八二年、四〇ページ以降。

(一四) Klaus Weissenberger: Zwischen Stein und Stern. Bern: Francke. 1976. S.165. —『世界文学事典』第五巻、集英

社、一九九七年、七〇五ページ以降。
(一五)『平凡社大百科事典』第一三巻、二一三ページ。
(一六)Jerry Glenn: Paul Celan. New York: Twayne. 1973. S.94.—もっともツェラーン自身は、それを意識していなかったらしい。— Barbara Wiedemann-Wolf: Antschel Paul — Paul Celan. Studien zum Frühwerk. Tübingen: Niemeyer. 1985. S.222.
(一七)Marianne Beuchert: Symbolik der Pflanzen. Frankfurt a.M.: Insel. 1995. S.117f.
(一八)Otto Pöggeler: Spur des Worts. Zur Lyrik Paul Celans. Freiburg: Alber. 1986. S.235.
(一九)ブコヴィーナにも、オウトウの木が多くみられるという。— Böttiger, a.a.O., S.33, S.48.
(二〇)Gerhard Neumann: Die ‚absolute' Metapher. Ein Abgrenzungsversuch am Beispiel Stéphane Mallarmés und Paul Celans. In: Poetica. Bd.3. 1970. S.206.
(二一)Ute Maria Oelmann: Deutsche poetologische Lyrik nach 1945. Ingeborg Bachmann, Günther Eich, Paul Celan. Stuttgart : Heinz. 1980. S.266.
(二二)Bremer Biblische Handkonkordanz oder Alphabetisches Wortregister der Heiligen Schrift. Zürich: Gotthelf. 1972.
(二三)『舊新約聖書』日本聖書協会、一九六四年、二八ページ。
(二四)Stéphane Mallarmé: Crise du Vers. Oeuvres complètes. Paris: Gallimard. 1945. S.368.
(二五)Klaus Voswinckel: Paul Celan. Verweigerte Poetisierung der Welt. Versuch einer Deutung. Heidelberg: Stiehm. 1974. S.168.
(二六)Janz, a.a.O., S.146.
(二七)Martin Pollak: Nach Galizien. Von Chassiden, Huzulen, Polen und Ruthenen. Eine imaginäre Reise durch die verschwundene Welt Ostgaliziens und der Bukowina. Wien: Brandstätter. 1984. S.154.
(二八)Janz, a.a.O., S.147.

(二九) Georg-Michael Schulz: Eine Gauner- und Ganovenweise. In: Lehmann (Hrsg.) : Kommentar zu Paul Celans »Niemandsrose«. a.a.O., S.134.

(三〇)『舊新約聖書』、一四二―三ページ。

(三一)『舊新約聖書』、一五七五ページ。

(三二) Manfred Lurker: Wörterbuch biblischer Bilder und Symbole. 2.Aufl. München: Kösel. 1978. S.202.

(三三) Janz, a.a.O. S.147.

(三四) Heinrich Heine: An Edom. Sämtliche Werke. Düsseldorfer Ausgabe. Bd.1. Hamburg: Hoffmann und Campe. 1975. S.526, S.1191f.

(三五) Peter Horst Neumann: Zur Lyrik Paul Celans. Göttingen: Wandenhoeck & Ruprecht. 1968. S.96.

(三六) Ingrid Parigi: Das Ghetto im Wasser. In: Merian. XXVII・9. Venedig. Hamburg: Hoffmann und Campe. o.J. S.64.

(三七) Cecil Roth: A History of Jews. From Earliest Times through the Six Day War. Revised Edition. New York: Schocken. 1970. S.274.

(三八) Lütz: »Der Schmerz schläft bei den Worten«. a.a.O. S.50.

遍在する眼差

(一) P. H. Neumann, a.a.O., S.31.

(二) Glenn, a.a.O., S.57.

(三) Celan: Gedichte. Eine Auswahl. Auswahl und Anmerkungen von Klaus Wagenbach, unter Mitarbeit des Autors. Frankfurt a.M.: Fischer. 1965. S.3, S.76.

(四) Leonard Moore Olschner: Der feste Buchstab. Erläuterungen zu Paul Celans Gedichtübertragungen. Göttingen: Vandenhoeck & Ruprecht. 1985. S.226f.

(五) Christine Ivanovic: »Kyrillisches, Freunde, auch das ...«. Die russische Bibliothek Paul Celans im Deutschen Literaturarchiv Marbach. Marbach: Deutsche Schillergesellschaft. 1996. S.84. — Ivanovic: Das Gedicht im Geheimnis der Begegnung. Dichtung und Poetik Paul Celans im Kontext seiner russischen Lektüren. Tübingen: Niemeyer. 1996. S.23.

(六) ツェラーンは、一九四八年七月にパリ・ソルボンヌ大学に入学している。考えられるとすれば、大学の蔵書だろうか。

(七) 一九五八年七月の手紙に、ツェラーンは、「彼をみいだし、翻訳したことを、すこしばかり誇りに思っています」と書いている。「彼をみいだし」たという自負は、すくなくとも全集刊行以前に、その作品を知っていたことをうかがわせる。— »Fremde Nähe«, a.a.O., S.339.

(八) ブカレスト生まれで、ツェラーンとも個人的に面識のあったアミー・コリンは、「巴旦杏をかぞえよ」がマンデリシュタムとの「深い親近性を証言する、初期の詩作品のひとつ」であるとする。そして、そのなかに「詩の対話的性格」というマンデリシュタムの「キー・コンセプト」を看取している。— Amy Colin: Paul Celan. Holograms of Darkness. Bloomington: Indiana U.P. 1991. S.107, S.190.

(九) 「言葉を経由して」は、「言葉を超えて」とも読めるが、ツェラーンがマンデリシュタムについて語っているテクストでは、「言葉の助けをかりて知覚されうるもの、到来しうるもの」とある。— Celan: Die Dichtung Ossip Mandelstamms. In: Ossip Mandelstamm: Im Luftgrub. Ein Lesebuch. Hrsg. v. L. Dutli. Zürich: Ammann. 1988. S.71.

(一〇) J. Marouzeau: Lexique de la Terminologie Linguistique. 2.édition. Paris: Geuthner. 1968. S.143f.

(一一) 『舊新約聖書』、三四〇ページ。

(一二) Chalfen, a.a.O.,S.127f.

(一三) Sanders, a.a.O., S.98.

(一四)Matthias Lexers Mittelhochdeutsches Taschenwörterbuch. 32.Aufl. Stuttgart: Hirzel. 1966. S.265.
(一五)Glenn, a.a.O., S.128.
(一六)『舊新約聖書』、二七四ページ。
(一七)Lexikon des Judentums. Chefredakteur: John F. Oppenheimer. Gütersloh: Bertelsmann. 1971. S.918.
(一八)Thomas Böning: Dichtung als Wieder-Aufrollen des Überlieferten. Zu Paul Celans Gedicht „SCHAUFÄDEN, SINNFÄDEN“. In: G. Buhr/R. Reuß (Hrsg.) : Paul Celan »Atemwende«. Materialien. Würzburg: Königshausen & Neumann. 1991. S.117. ―ベーニングは、この詩の第四連が十語からなっていることを指摘しているが、首肯しがたい。
(一九)『舊新約聖書』、二七八ページ。
(二〇)Deutsches Wörterbuch von Jacob und Wilhelm Grimm. Bd.1. Leipzig: Hirzel. 1854. S.833.
(二一)Deutsches Wörterbuch von Jacob und Wilhelm Grimm. Bd.25. Leipzig: Hirzel. 1956. S.238
(二二)John Felstiner: Langue maternelle, langue éternelle. La présence de l'hébreu. In: M. Broda (Hrsg.) : Contre-jour. Études sur Paul Celan. Paris: du Cerf. 1986. S.79f.
(二三)Chajim Nachman Bialik: Ausgewählte Gedichte. Aus dem Hebräischen übertragen v. Ernst Müller. Wien: Löwit. 1935. S.95.
(二四)Elke Günzel: Das wandernde Zitat. Paul Celan im jüdischen Kontext. Würzburg: Königshausen & Neumann. 1995. S.310ff.

根をめぐる想念

(一) Beuchert, a.a.O., S.135.

（二）Beuchert, a.a.O., S.135.

（三）Günzel, a.a.O., S.311.

抒情詩のアレゴレーゼ

（一）Deutsches Wörterbuch von Jacob und Wilhelm Grimm. Bd.14. Leipzig: Hirzel. 1960. S.1262.

（二）Böttiger, a.a.O., S.136f.

（三）Chalfen, a.a.O., S.125.

（四）Chalfen, a.a.O., S.171.

（五）Dietlind Meinecke (Hrsg.): Über Paul Celan. Frankfurt a.M.: Suhrkamp. 1970. S.28.

（六）Mallarmé, a.a.O., 368.

（七）Walter Benjamin: Ursprung des deutschen Trauerspiels. Gesammelte Schriften. Bd.1. Frankfurt a.M.: Suhrkamp. 1974. S.355.

（八）『舊新約聖書』、一二二八ページ。

（九）Benjamin, a.a.O., S.353.

（一〇）Ivanovic: Trauer — nicht Traurigkeit. Celan als Leser Benjamins. Beobachtungen am Nachlaß. In: Celan-Jahrbuch. Bd.6. S.126, S.127ff., S.152ff. — きわめて早い時期に、ベンヤミンを引きながらツェラーンの詩作品の性格を明らかにしたのは、下記の論文である。— Renate Böschenstein-Schäfer: Allegorische Züge in der Dichtung Paul Celans. In: Études Germaniques. 25e Année. N° 3, a.a.O., S.251ff.

（一一）Benjamin, a.a.O., S.343.

（一二）Benjamin, a.a.O., S.357.

植物分類表

（1） Silbermann, a.a.O., S.43.

あとがき

一九六三年四月に京都大学文学部に入学して、さっそく自由選択の「初級ドイツ語会話」をとることにした。みずから詩人でもあるヨハネス・エルンスト・ザイフェルト先生の授業は、ずいぶん風変りだった。飯塚書店刊の野村修・小寺昭次郎訳『現代ドイツ詩集』を補助教材に指定して、同時にプリントで配布したその原詩を、学生に朗読させるのだった。べつに解釈してくれるわけでなし、そもそもまだ初級文法を終えていない学生に、ドイツ語のテクストをまともに読みとれるはずもなかった。もっとも初級文法を終えたところで、ツェラーンの詩を読み解くことなど、できはしなかっただろうが。ともかくそこではじめて眼にしたのが、本書でもとりあげた「巴旦杏をかぞえよ」だった。聴覚にうったえる、その詩語の暗く美しい印象は、いまでも忘れがたい。この詩は、死者にむかって語りかける声ではない、死者から語りかけてくる声だとする解釈があるのも、わかる気がする。

一九六九年三月に修士課程を修了したときには、大学紛争がはじまっていた。大学院の授業もないままに、ツェラーンの詩を自分で読みはじめた。とりあえずひらいたのは、黒い表紙に金文字を配した『罌粟と記憶』と『閾から閾へ』の薄い二冊だった。あえて解釈しようと努めることもない、ただその詩語の響きに聴きいるばかりのレクチュールから、かえって多くのものが得られたように、いまにして思えるのは、あるいは記憶の錯誤だろうか。そして、翌年の初夏のころに、詩人の自死を知った。

それから、いったいどれほどの時間が流れたことか。そのあいだに研究発表もしたし、論文も書いた。しかし、自分なりの理解に達した、ツェラーンのいうところの「投壜通信」が届いた、と思える詩は、いまでもあまり多くない。

*

本書は、直接には、二〇〇〇年四月から二〇〇一年六月にかけて、十五回にわたって雑誌『未来』に連載した稿をもとに、学会誌『ドイツ文学』の一九九六年秋季号に寄稿した論文をもくわえて、構成したものである。その際、本文にかなりの加筆訂正をおこなったうえに、『未来』掲載時には控えていた註をあらたにほどこした。連載していく過程で、相原勝氏が事実関係の誤りを指摘してくれたのは、大変ありがたかった。それでもなお思わぬ過誤が、とりわけ専門外の植物分類学に関する事項に、散見されることを恐れている。読者の御叱正を待ちたい。

本書のもともとの構想は、東京大学文学部に赴任する直前の一九九七年一月におこなった集中講義のためのノートに由来している。その後、一九九八年十二月に大阪大学文学部で、一九九九年十二月に九州大学文学部で、それぞれ集中講義を担当した際にも、おなじテーマを扱った。講義ノートは、その都度、すこしずつ変容しながら、形をなしていった。ツェラーンの詩語について、あらためて思いを深める機会を与えていただいた各大学の先生方、および濃密な時間を共有してくれた学生諸君に、深く感謝の意を表する。

最後に、出版にあたって助力を惜しまれなかった未來社編集部の浜田優氏に、心からの御礼を申し述べたい。

二〇〇一年十月

平野　嘉彦

著者紹介
平野嘉彦(ひらの・よしひこ)
1947年生まれ。京都大学大学院博士課程修了。京都大学教授を経て、現在東京大学文学部教授。
研究分野は、近代ドイツ抒情詩・東欧、中欧におけるドイツ語文学・フランクフルト学派の文学、芸術理論。
著書▶『プラハの世紀末——カフカと言葉のアルチザンたち』(岩波書店)、『カフカ 身体のトポス』(講談社)、『獣たちの伝説——東欧のドイツ語文学地図』(みすず書房)ほか。
訳書▶アドルノ著『アルバン・ベルク』(法政大学出版局)、ハーバーマス著『コミュニケイション的行為の理論』(共訳、未來社)ほか。

ツェラーンもしくは狂気のフローラ
……………………………………………抒情詩のアレゴレーゼ

2002年3月25日　初版第一刷発行

本体2800円＋税———定価

平野嘉彦———著者

伊勢功治———装幀者

西谷能英———発行者

株式会社 未來社———発行所

東京都文京区小石川3－7－2
振替00170-3-87385
電話(03)3814-5521～4[編集部]
048-450-0681[営業部]
http://www.miraisha.co.jp/
Email:info@miraisha.co.jp

萩原印刷———印刷・製本

ISBN 4-624-61036-9　C0098

パウル・ツェラーン
❖イスラエル・ハルフェン著❖
❖北彰・相原勝訳❖
〔若き日の伝記〕東欧の多民族・多言語都市チェルノヴィッツで生まれたツェラーン。ユダヤ人の両親を強制収容所で殺された詩人の、悲劇的な生と作品を決定づけた前半生を描く。三五〇〇円

経験としての詩
❖フィリップ・ラクー＝ラバルト著❖
❖谷口博史訳❖
パウル・ツェランの後期詩篇を読み込み、そこに複数の声を聴きとる哲学的エッセー。ハイデガーとの対決、ヘルダーリンとの対話をとおして、詩的言語の本質的な問いの次元を開く。二九〇〇円

パーリアとしてのユダヤ人
❖ハンナ・アレント著❖
❖寺島・藤原訳❖
ユダヤ人思想家として知られる著者が自らのユダヤ人性を賭けて論じた迫真のユダヤ人論。パーリアとは追放者、被抑圧者の意であり、ユダヤ人の苦難の歴史を内側の目から見直す。二五〇〇円

詩学批判
❖アンリ・メショニック著❖
❖竹内信夫訳❖
〔詩の認識のために〕一九七〇年代初頭に刊行されたマニフェスト的書物『詩の認識のために』第一巻の訳出。書くことの主体的実践の唯物論的認識による人間主体の回復の企て。二六〇〇円

旧東欧世界
❖プレドラグ・マトヴェイエーヴィチ著❖
❖土屋良二訳❖
〔祖国を失った一市民の告白〕冷戦後、東欧世界は過去の遺産になってしまった。「旧ユーゴ」、「旧ソ連」、「旧共産主義圏」と呼ばれ、民族紛争の続く旧東欧の歴史と現在を証言する。二五〇〇円

バルカン・ブルース
❖ドゥブラヴカ・ウグレシィチ著❖
❖岩崎稔訳❖
バルカン半島の旧ユーゴ内戦（一九九〇―九五）のさなかに綴られた、クロアチアの女性作家によるエッセイ。国民＝民族的同一性を再生する「忘却と想起のテロル」を暴く、痛切な警鐘の書。二五〇〇円

本来性という隠語
❖T・W・アドルノ著❖
❖笠原賢介訳❖
〔ドイツ的なイデオロギーについて〕ハイデガー哲学の徹底的批判をつうじてナチ以後のドイツ思想の非合理なからくりを暴く、アドルノ批判哲学の真骨頂。幻の名著の待望の訳業。二五〇〇円

（消費税別）